転生悪役令嬢の正体はワケあり公爵様!?

成り上がり伯爵令嬢の私がナゼか溺愛されています！

朱里 雀

Illustration
ことね壱花

gabriella books

転生悪役令嬢の正体はワケあり公爵様!?
成り上がり伯爵令嬢の私がナゼか溺愛されています！

c o n t e n t s

★本書は本文中の挿画の掲載が無い仕様です★

プロローグ

地面を叩《たた》きつける激しい雨音の中、アネスティリアは城に戻るため大粒の雨をかきわけるように必死に走っていたが、ついに足がもつれ、転んでしまった。

俯《うつむ》くと、母が大切にしていた真っ白なワンピースが泥まみれになっているのが見えた。

どうして今日、このワンピースを着てしまったのか。

見事な刺繍《ししゅう》のそれは、意地悪な朋輩《ほうばい》とすれ違ったときでも馬鹿にされずにすむだろうと、つい着てしまったのだが、我慢すれば良かった。

意地悪を言われるのはいつものことなのだから。

もう二度と会うことができない母が大切にしていた想《おも》い出のワンピース。

好きな人ができたら着なさいと言われていたのに、こんなにくだらない理由で汚してしまった。

立ち上がるためについたはずの両手が持ち上がらず、涙と顔をぬらす雨が混じり合っていく。

(いないよ、母さん。好きな人なんか、いないし、私には作れない。作っちゃいけない)

俯くと、辛かったできごとが、一気に心に去来《きょらい》する。

母が亡くなったあの日、父が祖父に殴られた葬式の日、暴漢が父を襲ったあの日、婚約者が現れた日、周囲から浮きながらミルドナーク夫人に馬鹿にされたあの日、ダンスの相手がいなくて不安で仕方がなかったあの日。

(ラザフォード様?)

そのとき、前方から馬で駆け抜けるラザフォードとすれ違った気がした。

ラザフォード・イライアス公爵。

本来の立場ならば、会話するどころか遠くから垣間見《かいま》ることすらありえなかったその人。

誰もが見惚《みほ》れる美丈夫は、その硬質で冷ややかな容姿とは反対にとても優しく、アネスティリアを助けてくれた。

そんなラザフォードとすれ違った気がしたのだが、気がしただけだ。

すれ違った人は馬上で、外套《がいとう》を深く被っていて顔は見えなかったのだから。

そもそも、公爵であるラザフォードがこんな大雨の中、馬車ではなく騎乗して馬を走らせるはずがない。

そんなに誰かに甘え縋《すが》りたかったのだろうかと自嘲しそうになって、そんな時間がないことを思い出す。

アネスティリアは立ち上がり、再び走り出した。だが、その足はずっと遅い。

上手《うま》く走れなくてふらつきながら、それでも走る。

しかし、後もう少し走れば間に合うというところで、王城の大きな鐘が鳴り始めた。

二人の門番が両端から大きな門を動かし、閉めようとしている。

(間に合わないっ！)

「待って！　お願いっ！」

叫んでも、声は雨にかき消え、門番には届かず、門がどんどん動いていく。

「アネスティリア・ハッシュフォード！　掴まれっ！」

大雨の中、聞こえないはずなのに後ろから呼ばれた気がして、振り向いた瞬間、馬上から体を横に大きく倒している誰かの手が、アネスティリアに差し出された。

その手は強く、気付けば、アネスティリアは腹に手を回され、抱き上げられていた。

「ひゃっ！　……ラザフォード、様？」

さきほどすれ違ったのはやはりラザフォードだったのだ。

髪型だけはいつもの双子の妹であるラビィーネを模した巻き髪だが、そのほかは外套に隠れて見えない。

普段ならばフリルたっぷりに改造したお仕着せを着こなしている彼だが、今日は女装していないのだろうか。

「迅速に行く！　離れるなよ！」

その言葉にアネスティリアは素直に従った。ラザフォードの背中に手を回し、強く抱きつく。

硬い体、力強い腕、ラザフォードは美しくともやはり男なのだ。

門がもう閉まる。

間に合わないと思ったそのとき！

ヒヒーンと、馬が大きくいななき、飛び上がる。

まるで人間二人を乗せているとは思えないほど軽やかに。

悲鳴を上げる間もなく、ぴったりと閉まりかけた門を飛び越え、ドンと、音を立てて着地した。

「何者だ！」

当然、門番は劇的な入城を果たした侵入者であるラザフォードとアネスティリアに向かって剣を構えた。

だが、ラザフォードは焦ることなく、大雨の中にもかかわらず外套を外し、一つにくくっていた髪を優雅にほどいて微笑《ほほえ》んだ。

「わたくしはラビィーネ・イライアス、婚約者選定の儀の参加者よ。ごめんなさい、門限に間に合いそうになくて、ちょっと無茶《むちゃ》をしてしまったわね」

第一章

アネスティリア・ハッシュフォード伯爵令嬢は元々はアーネという名前の平民の娘で、港町で食事処を経営する両親の元に生まれた。

　アーネは料理を運び、奥で料理をする父と、会計を担当する母の三人で店を切り盛りしていた。

父はおとなしく落ち着いている人で、母は近所でも有名な勝ち気な女将《おかみ》さん。

父の料理はおいしそうに見えないのにとてもおいしいと評判で、仕事で港町に訪れた人たちが、わざわざ食べに来るほど繁盛していた。

裕福な生活とは言えなかったが、家族仲はとてもよく、人生に不満は無かった。

その幸せが壊れたのはつい最近のことだ。

母が病気で急死したのだ。

アーネと父はあまりに突然の不幸に、なかば呆然《ぼうぜん》としたまま母の葬式を迎える事になってしまった。

葬式の前日、アーネは父から母の正体を聞いた。

母は伯爵家に産まれた正真正銘の貴族令嬢で、この国でも有数の旧家として社交界でも一目置かれているハッシュフォード家の令嬢だったのだ。

そして、父はその家の使用人だったのだ。

駆け落ち婚だったという事は聞いていたが、裕福な商人あたりだろうと思い込んでいたので、アーネは驚いた。

母は、どこにでもいる平民の肝っ玉母ちゃんという言葉がふさわしい人だったから。

そして、明日の葬儀には初対面の祖父が来る事になったとも聞き、悲しみに暮れるアーネは心の傷を慰め合える人が増えるのだと思っていた。

しかし、それはたやすく裏切られた……。

「この大嘘《おおうそ》つきめ！」

母の亡骸《なきがら》を見るなり、初めて会った祖父は持っていた杖《つえ》を投げ捨て、父につかみかかり、あまつさえ殴ったのだ。

「父さんっ！」

連日の疲労もあり簡単に倒れた父に駆け寄り、アーネが祖父を強く睨《にら》みつけると、祖父は黙って己の拳に目を向け、アーネから目をそらしてまだ葬儀の途中だったというのに去っていった。

それでも、もう一生会うことはないだろうから忘れようとしていたときのことだった。

今度は父が暴漢に襲われた。

助けてくれた人がいたそうで、なんとか逃げ出せたが大けがを負っていた父は、利き腕がしばらく使えなくなり、療養が必要になった。

母の葬儀代で貯金はかなり目減りしていたところへの大打撃で、家計はたちまち困窮した。

だから、父には内緒でアーネが夜の店で働く覚悟を決めたとき、不機嫌そうな顔をした祖父が再び会いに来たのだ。

「ネイト、お前には孫を養子に出してもらう。代わりに生活費とお前の療養費は儂《わし》が出す」

謝罪するでも挨拶するでもない第一声にアーネは眉を逆立てた。

「お断りします！」

アーネは当然、突っぱねた。

そもそもアーネは、暴漢を雇ったのは祖父だと疑っていた。

娘と駆け落ちして、ハッシュフォード家の評判を落とした男を一発殴っただけでは飽き足らず、殺すつもりだったのだと。

「お義父さん、ご迷惑をおかけしてすみません。アーネをよろしくお願いします」

しかし、父はじつにあっさりとベッドの上で頭を下げた。

「父さん！　嫌っ、私、父さんの分も働くからっ！」

取りすがったアーネに父は穏やかに微笑んだ。

「お義父さんには僕が手紙を送ったんだよ。娘を頼みますと」

「やめてよ！　私は父さんとずっと一緒にいるの！」

「別に縁が切れるわけじゃない。それにお前、夜の店で働くつもりだったろう」

「だって……」

父の療養費と二人分の生活費をやりくりしようと思えば、もうそうするしかないと思っていたのは事実でアネスティリアは俯いた。

「でも私は……、父さんを……するような人の下には……」

流石《さすが》に目の前で人殺しとは言いづらく、アーネは口ごもった。

「お前のお祖父様《じいさま》をそんな風に言ってはいけないよ、アーネ」

動く方の手を伸ばし、父はアーネを抱きしめた。

「僕とリアの宝物。お前は何にだってなれる娘だ。そんな娘の将来を僕のせいで潰したくない。聞き入れなさい、アーネ」

反論の言葉も言わせてもらえないまま、父と祖父は淡々と書面を交わしていった。

僕とリアの宝物。なんにだってなれる娘。それは、父の口癖。幼いころから何度も聞いた、アーネの未来を応援する言葉。

俯いて黙り込んだアーネに書類を書き終えた祖父は宣言したのだ。

「アーネ、いや、お前は今日からアネスティリアだ。お前には貴族として生き、まっとうな結婚をしてもらう」

アネスティリア。アーネは新たな名前を口の中で転がした。

それは苦くて、大嫌いな人間の金に屈したのだという敗北の味がした。

「アネスティリア。今のお前のままでは養子として相応しくない。隠しようがなく平民出のお前は貴族社会で軽んじられる。だからお前にはまず、皇太子の婚約者選定の儀で上位五名に残ってもらう。わかったな？」

父の療養費が欲しければと言外に言われていることを察し、アーネは頷《うなず》いた。

婚約者選定の儀。

国中の結婚適齢期の貴族令嬢が集められるそれは、まずは上位五名まで絞るために競わされる。そうしてからやっと王子がその絞られた五名と引き合わされ、その中から妃《きさき》を選ぶという伝統行儀だ。

アネスティリアにとっては存在は知っているが煌《きら》びやかなお貴族様たちの間で行われる平民には無縁の夢のまた夢の儀式だったはずなのに、まさか自分が参加することになろうとは。

「……はい、お祖父様」

そうして、アーネはアネスティリアと名前を変え、祖父の管理下におかれる事となったのだった。

教場に続く廊下は婚約者選定の儀に参加している未婚の娘たちでいっぱいだったが、その令嬢の登場に、誰もがそっと道の端に避けた。

「ラビィーネ様よ、本当にお綺麗《きれい》よね」

「やっぱり、殿下のお妃様はラビィーネ様で決まりかしら？」

「そりゃあそうでしょう。誰とも仲良くなさらない完璧な氷の御令嬢《ごれいじょう》」

「ちょっと！　氷だなんて……」

こそこそと、だがかしましい。

噂《うわさ》の中心であるラビィーネ・イライアスは公爵令嬢だ。

最近兄のラザフォードが爵位を継承したため、正確には公爵の妹という立場らしいが、公爵令嬢として遇されている。つまり、この婚約者選定の儀に参加する全ての令嬢の中でもっとも位が高い人物だ。その上、ラビィーネという人は何をさせても優秀だった。

クルクルと強く巻かれた銀色の髪は風で揺れる。イヤリングもそれに合わせて揺れている、温度はなく、凪《な》いでいる湖のような瞳、薄い唇、すらりと高い背に、氷と揶揄《やゆ》されるほど冷たい美貌。

静かで精錬な雰囲気を纏《まと》いながらも、フリルをふんだんにあしらったお仕着せを見事に着こなし、まるで優秀な職人が丹精込めて作り上げた生涯最高傑作となる人形のよう。

家柄も申し分なく頭脳も明晰《めいせき》容姿も端麗。婚約者選定の儀で一位通過するだろうと言われているのが、このラビィーネ・イライアス公爵令嬢だった。

「ほら、みてあの子、あの子が平民の……」

「ああ、成り上がりの伯爵令嬢」

「いかにも品がないわね」

今度はアネスティリアに矛先が変わった。

上位五名以外の成績は公表されない。

とはいえ、アネスティリアの礼儀作法が全くなっていないのは明らかであるので、最下位になるのは絶対にあの娘だと陰口を言われているのだ。

（……幼稚）

彼女たちに何かした覚えはないが、そもそも、彼女たちは平民の娘が自分たちと肩を並べているのが我慢がならないのだ。

とはいえ、今の所、陰口だけで、物を隠されたり、暴力を振るわれているわけではない。

だから、アネスティリアはいつものように無表情で通り過ぎた。

それが余計に反感を買うとは知らずに。

アネスティリアは、すっかり落第生だった。

港町では美人とよく褒められていたアーネも、洗練された令嬢達の間に入ってしまえば、埋もれるどころか、気品がなく悪目立ちしている。

せめて可愛く見えるようにと黒髪を二つにくくっているが、そもそもが薄く主張のない緑の瞳に、存在感のない薄く白い体。アネスティリアの自分の容姿に対する自信はすっかり砕けきっていた。

元々、生粋の貴族として育てられた令嬢たちの中で、平民として育ったアーネに上位五名に入れと言うほうが無茶だったのだ。

重い足を引きずって教場に着き、一番後ろの席に着く。

初めての授業のときはやる気に満ちており、席次も自由だときいていたため、一番前に座ったところ、平民のくせに高位令嬢が座るべき席に座っていると聞こえるように陰口を言われ、慌てて後ろに座り直した。

貴族間にある暗黙の了解というものなど何も知らなかった。アネスティリアにとってここは、知らないことだらけの場所だ。

心が折れそうになることは何度もある。許されるなら引きこもりたいし、父の元に泣き帰りたい。

だが、祖父の要求をかなえ父に十分な治療を施してもらうためには、ほかに道はない。

アーネは絶対にやり遂げなければならなかった。


授業は午前中だけということもあり、二つだけだ。

ダンスの授業を前にアネスティリアは練習場の端で俯いていた。

ダンスは特に苦手だ。聞いていればいいほかの授業とちがい、実践する必要がある。

王弟の乳母まで勤めたというミルドナーク夫人は平民が嫌いなのだろう。

普段はアネスティリアのことなど目に入らないふりをしつつ、嘲笑《あざわら》いたいときだけあげつらう。

この前は一人で前に出て踊らされ、何か教えてもらえるわけでもなくクスクス笑われるだけで、かなり辛かった。

ダンスのレッスンは先日、基礎編が終わり、今日からはパートナーとなる男性とともに踊ることになっていた。

そのため、貴族令息もこの場に呼ばれている。

なにもこの場にいる令嬢が全員皇太子妃になりたいわけではない。

元より親の決めた婚約者のいる者、家同士の思惑で別の令嬢を支援するために送り込まれた者は空気を読み、普段はあえて目立たないようにしている。

だが、このダンスの授業は別だった。

婚約者が来ている者は勿論《もちろん》、婚約者がいない者もこの授業で恋が始まり、結婚まで繋《つな》がることが多いのだ。

相性を見るとの建て前で、午後に朋輩の誰かが開いたお茶会に参加している貴族令息達をよく見た。

この期間は貴族令息に対しても城が開放されている。

勿論、皇太子の婚約者選定の儀だ。当然、親しくしすぎてはいけないという建前はある。

とはいえ、元より皇太子妃の地位など狙ってもいない令嬢にとっては恰好《かっこう》の機会なわけで……。

そういうわけで、ダンスの相手を決めるこの時間は皆、必死だった。

婚約者同士のもの、元々約束していたのであろうものは次々決まっていき、アネスティリアはどんどん一人ぼっちで余っていった。

反対に、ラビィーネは沢山の男性に囲まれ、美しいラビィーネ様、是非僕と。いやどうか私と。いやいや、この俺と。と、口々に売り込まれていた。

特に中心にいる三人の男性はきらびやかで目立つのにまるで愛を乞うかのように跪いている。

選びたい放題である。一人くらい分けてくれないか。

（無理に決まってるわ……）

アネスティリアの祖父は伯爵とはいえ、亡くなれば爵位と財産は遠縁の男性が継ぐと決まっているらしいし、父親は平民のためもとより持参金などない。

母の駆け落ちは貴族間で大きな話題となったらしく、皆が知っていた。

ついでに、アネスティリアが朝から晩まで勉強し、この儀式に必死で食らいついていることも、皆が知っている。

アネスティリアに近づけば、なんとか貴族籍に残りたいガツガツしている貪欲な平民女に、死に物狂いでしがみつかれると大きな噂になっているから男たちは皆アネスティリアを避けるのだと、どこかの意地悪な令嬢たちがアネスティリアに聞こえるように噂していた。

だから、次々にペアを作っていく令嬢達をアネスティリアは見ているだけとなっていた。

そこにいつもアネスティリアにだけ意地悪なミルドナーク夫人が嫌な笑みを浮かべて近づいてきた。

「どうやらあなたは失格ということでよさそうね」

クスクスクスと、どこかの令嬢や令息達の忍び笑いが耳の端で聞こえる。

アネスティリアは息を飲んだ。

「まっ、待ってください！」

「あら、お相手がいないのにどうするつもりなの？　試験官は暇ではないんですよ。全く、これだから図々《ずうずう》しい平民は」

試験官は平等を期すため目の前のミルドナーク夫人や他の講師ではなく、外部から極秘裏に雇う。

だが、試験をそもそも受けられなければもうどうにもならない。

絶望に喉が締まるような感覚。

泣きそうで、でもミルドナーク夫人の前では絶対に泣きたくなくて、アネスティリアは拳を握りしめた。

その時、女性にしては低く、どこか心地よく響く声がした。

「わたくしが彼女と踊りますわ！」

鮮烈で強烈な一言。

ラビィーネ・イライアス公爵令嬢だ。

先ほどまでアネスティリアを馬鹿にして聞こえるようにクスクス笑っていた朋輩たちもシンと静まりかえっている。

「一体何をおっしゃって……」

ミルドナーク夫人が絶句している。

ラビィーネは公爵令嬢。伯爵令嬢とはいえ、元平民であるアネスティリアには嫌味《いやみ》を言えるミルドナーク夫人も馬鹿にできないのだ。

「ですから、わたくしが彼女と踊りますと申し上げましたの」

そう言って周囲を陣取る信奉者を退かせたラビィーネは強引にアネスティリアの手を取り、引き寄せた。

アネスティリアにはなにが起こったのかわからなかった。

それはこの場にいる人は皆同様で、にわかにざわつきだす。

「実はわたくしも相手をしてくださる殿方がいませんでしたので、ちょうどいいかと思いまして」

ラビィーネは沢山の貴族令息たちに囲まれ、ダンスのパートナーに己を選んでくれと迫られていた。

だから、そんなわけがないのは全員わかっている。それでも誰も何も言えなかった。

ラビィーネがミルドナーク夫人を正面から睨んでいるからだ。

ミルドナーク夫人が返す言葉に迷っていると痺《しび》れを切らしたのか再びラビィーネが口を開いた。

「わたくしが男役をいたします！　試験も男役で受けますわ。その分は減点なさってよろしくてよ！

それで文句はないですわねっ！」

そう啖呵《たんか》を切られると、ミルドナーク夫人はもう何も言えなかった。

沈黙を肯定と受け取りラビィーネはアネスティリアの腰を抱いて歩き出した。

誰もが動かず注視しているなか、ラビィーネだけは堂々としている。

公爵令嬢ラビィーネの突然の暴挙にアネスティリアを含めて皆がたじろいでいるが、ラビィーネはどこ吹く風だ。

「……ラビィーネ様、どうして」

そういえば、以前アネスティリアが一人で踊らせられたときにも、ラビィーネがミルドナーク夫人にとくに急ぎではない質問をしたおかげで終わったのだった。

あれも、もしかして今と同じように、助けてくれていたのだろうか。それは流石に都合がいい考えが過ぎるか。

「別にあなたのためではなくってよ。勘違いなさらないで」

戸惑っている間にも、勝手に踊り出したラビィーネの足をアネスティリアは早速、踏んだ。

「っ、すみません！」

この場にいる全ての人間の視線が全部、アネスティリアの足に向かっていた。

助けてもらっておきながらあの女、ラビィーネ様の足を踏んだ！　という目で見られている。

「わたっ、わたし！」

慌てて足を退けようとして、何故か踏んでいない方の足を上げた後、踏んでいる方の足を上げて、何故かまたそのまま足をまた踏んでしまい、アネスティリアはラビィーネから離れるため後ろに下がろうとして、そのままひっくり返りそうになった。

「迅速に落ち着きなさい」

思っていたよりもずっと強い腕の力にぎゅっと抱き寄せられ、体勢が強制的に立て直された。

なんだろうか、いい匂いがした。安心してそれでいて落ち着かない匂い。

腕に手を添えると、フリルがふんだんにあしらわれたお仕着せの下に、明らかにこんもりと盛り上がった筋肉が乗っていることに気付く。

（あれ？）

すごく華奢《きゃしゃ》な人のはずだ。実際、アネスティリアの目にはとても細く映っている。

それなのに、触れると無視できないほどしっかりと筋肉が乗っていることがわかる。

「落ち着きなさいとは言ったけれど、他のことを考えなさいと言った覚えはなくってよ」

「すみません！」

アネスティリアは叱られ下を向いた。そしてそのまま足下を見ながら踊る。

今度は踏まないように。

「顔を上げなさい。美しくないわ」

「でも……」

「本番以外なら、わたくしの足はいくら踏んでも良いの。顔を、上げなさい」

強く言い切るラビィーネの言葉に、アネスティリアは顔を上げた。

「まずは足の動きから。一からわたくしが教えるから覚えなさい」

「はいッ！」

アネスティリアは強く返事をし、さっそくラビィーネの足をまた踏んでしまった。

「すみま……！」

「謝らなくていいわ。その時間がもったいないもの。わたくしのパートナーになる以上、あなたには迅速に踊れるようになってもらうわ」

「ラビィーネ様っ！」

女同士だというのに、王子様に出会ったかのようなときめき。

まさか誰かが助けてくれるだなんて思ってもいなかった。このご恩は絶対にお返ししなければならない。

とはいえ、アネスティリアには既に祖父が用意した婚約者がいて、この儀式が終わり次第すぐ結婚しなければならないようなので、恩返しをするならこの儀式の間しかない。

（必ずやこのご恩、お返しします！　あのくだらない男と結婚する前に）

◇◇◇

「ついに王城からの招待が来た。婚約者選定の儀で五位以内に入るのはかなり厳しいと思うが、しっかり励みなさい」

祖父が庭の掃き掃除をしているアネスティリアに話しかけてきた。

「かしこまりました」

アネスティリアの祖父、ハッシュフォード伯爵は老齢だ。そもそもアネスティリアの母ティアリア自体が遅くにできた子だったらしい。

妻は体が弱く早くに亡くなっており、娘は駆け落ちしたため、伯爵は一人で暮らしていた。

当主が偏屈な上、貴族にしては多分貧乏なのだろう。使用人は通いの者が一人いるだけで、大きな屋敷はほとんど使っておらず、家宝と言っても家紋入りの剣が飾られている程度、庭木は生えたい放題枯れたい放題だ。

そのため、さすがに何もしないのは気が引けていたアネスティリアは、一応屋敷にある本で儀式の予習をしつつその合間に積極的に掃除をしていた。

「こんにちは大叔父様、遊びに参りましたよ」

誰だろうか、でっぷりとした中年男性が門番がいないことをいいことに屋敷に勝手に入ってきた。

「アネスティリア、あっちにいっていなさい」

祖父は苦虫を噛《か》み潰《つぶ》したような顔で彼を出迎えたので、あまり好ましい相手ではないのだろう。

「はい、お祖父《じい》さま」

アネスティリアが祖父の命令に従うとすぐ、祖父と客は話し込み始めた。

何やら跡取りが、嫁が、などと言っているがよく聞こえない。

アネスティリアはとりあえず来客ならばお茶の用意をすればいいかと、中年男性に会釈だけして厨房《ちゅうぼう》につながる勝手口へと向かった。

「帰れっ！」

後ろから祖父の声が響いた。どうやら客は祖父を怒らせたようだ。

振り向くのも失礼かと思い、アネスティリアはすぐに勝手口の中に入った。

しばしの沈黙。

バン、と響き渡る玄関扉の音。

どうやら祖父が屋敷に戻ったようだ。

相手も帰っただろうかと、そっとアネスティリアが勝手口から顔をのぞかせたときだった。

「きゃっ！」

「こんにちは、新しいハッシュフォード伯爵令嬢」

「え、……あ」

さきほどの中年男性が目の前にいたのだ。アネスティリアはこのとき背筋がぞくりとした。

(駄目だ、この人は怖い)

港町にいたころ、変な男につきまとわれ、父母に追っ払ってもらったことがあったが、同種のそれを感じる。

だが、こんなときに限って父は通院中で屋敷におらず、そもそも怪我人《けがにん》だ。

男が、アネスティリアの服の下を見透かすかのような視線で、ゆっくりと上から下まで舐《な》めるように見てきて、笑った。

「あの」

明確に何かされているわけではないので、やめてと言えず、アネスティリアは身を縮ませた。

「これはこれは、アネスティリア嬢を嫁にもらう日が楽しみです」

「え？」

なんのことだろうか。とにかく、この男の視線が嫌でたまらない。

「……あの、一体何をおっしゃっているんですか？」

（結婚？　なんで？　こんな男と？　いや、気持ち悪い）

「おや、伯爵から聞いていらっしゃいませんか？　私はこの家の跡取りなんですよ。爵位も財産も全て私が継ぎます。今日は虫の居所がお悪かったようで怒らせてしまいましたが、伯爵には私以外の男の若い親戚はいらっしゃいませんから」

「そ、そうなんですか」

初耳である。だが、跡取りはいてもおかしくはない。母は一人っ子だったのだから、他所から跡取りの男性を養子にとるか婿入りさせる必要があるのはアネスティリアでも理解できる。

「あなたはいくら伯爵の養子に入られたとはいえ、女だ。爵位の継承権がない。ですが、ハッシュフォード伯爵の直系の令嬢でもあるのだから、平民で商人の私が爵位を継ぐときの地盤固めに嫁いでいただくことが決まっているんですよ」

「うそ……」

「若く美しい生娘をモノにする日が今からとても楽しみです」

ひゅっとアネスティリアは息をのんだ。

これが祖父の言う貴族令嬢としてのまともな結婚なのだと思うと足下がぐらぐらする。

「そうそう、婚約者選定の儀に参加されるとか？　本当なら今すぐ嫁いでいただきたいところですが、上位五名に残れば出自が怪しいあなたの値打ちが上がりますからね。しばし我慢いたしますよ。私のために是非頑張ってください」

アネスティリアは後ろに下がろうとしたが勝手口の扉に背中を付けただけだった。

こんな男と結婚して幸せになれるわけがない。

（逃げたい！　ああ、でも……）

アネスティリアは祖父に父の治療費を出してもらっている身だ。逃げられるはずもない。

どのみちアネスティリアは母のように何としてでも共に生きたいと思うほど恋をしている人がいるわけではない。

なら、愛する父のためにすべきことを。

「…………頑張ります」

アネスティリアは消え入りそうな声で男に同意したのだった。

(折角《せっかく》ラビィーネ様のおかげで希望が見えてきたって言うのに、嫌なこと考えちゃった……)

上位五名に残れたところで、行き着く先は……、と考えるとついつい手を止めてしまうが、これはあの男と祖父のためではなく、父のためなのだ。

アネスティリアは一人、城内にある第三図書室で勉強していた。

多くの令嬢は第一、第二図書室を使っており、寂れて忘れられた埃《ほこり》っぽい第三図書室は偶《たま》に人が来ても見学だけしてすぐ帰って行くからだ。

だからこそ勉強がはかどる。

一応、居室は割り当てられているが、婚約者選定の儀に参加する令嬢は全て平等と言う建前はどこへやら、部屋の割り振りには偏りがあるらしく、アネスティリアの部屋は排水路が近いためかなり五月蠅《うるさ》い。両隣が空いているあたり、大方儀式を統括する立場でもあるミルドナーク夫人の嫌がらせだろう。

そのため、アネスティリアは就寝ギリギリまでここで勉強していることが多かった。

そんなアネスティリアの傍《かたわ》らにふと、人影が立った。

「今日も勉強していて偉いね、黒鳥ちゃん」

声を掛けてきたのは、金の髪を一般的な男性より少し長めに切りそろえ、紫の瞳の下、かすかに皺《しわ》があるが全体的に若々しい美丈夫。アネスティリアの父母より少し下の年齢だろう。

「ジュゼさん！」

アネスティリアはぱっと笑顔になって顔を上げた。

「今日も綺麗な髪だね」

「ありがとうございます」

ジュゼがアネスティリアを黒鳥と呼ぶのは、真っ黒な髪に因《ちな》んでいるらしい。

髪を会うたびに褒められ、ついアネスティリアは本当の髪色は違うのだと言えないままだ。

罪悪感もあるのだが、どのみち婚約者選定の儀が終われば、もう会うこともない人だろうから訂正して嫌な思いをさせる必要はないとも思っていた。

そもそもアネスティリアとて、彼の愛称は知っているものの名前は知らないし、知らせていないのだ。

王城で自由に過ごしている様子から、確実に位の高い人物だと思うが、あまり深く訊《き》かないことにしている。

「今日は、客として訪ねた先で、お腹《なか》がいっぱいなのにどんどん料理が出てくるときの振る舞いについて調べているんだね」

アネスティリアが開いている本をのぞき込んだジュゼが、ふふふと笑った。

兎に角食べろ、残すのは失礼、満腹を越えた先で、まだ食べられるはずだと書いてあるからだ。

「教科書には、途中で満足するほど出していただきましたと遠慮するようにと書いてあるのですが祖父の家で読んだ本では違っていて。時と場合によるのかなと思いつつも、いまいち理解し切れなくって」

ほかの令嬢ならばわからないところがあれば授業で聞いたり、直接先生に尋ねたりできる。

だが、アネスティリアはこの婚約者選定の儀をとりまとめるミルドナーク夫人に嫌われており、作法の講師も右に倣《なら》えのため、教えてもらえないのだ。

「この第三図書室は古い本ばかりだ。倉庫代わりでもあるからね。奥付の日付をみてみるといい。この後すぐ……」

そう言ってジュゼは最後の頁《ページ》を開いて指さした。

「覇王リュウドニス時代の大飢饉《だいききん》っ！」

「正解」

なるほど、飢饉前と飢饉後では、食べれば食べるほど良いなんて作法は確実に変わっているだろう。

ぱあっとアネスティリアが顔をほころばせると、ジュゼにいきなりいい子いい子と頭を撫《な》でられた。

（あれ？）

「どうかしたかい？」

「あ、すみません」

頭の中で警鐘が鳴った気がしたのだ。

あの婚約者に感じたものと同種のそれ。

（こんないい人相手に、気のせいだわ）

「疲れているのかな？」

「少しだけ。今日はダンスの日だったので」

アネスティリアは小さく笑った。今日はいい日ではあったが疲れた。

ラビィーネは下手くそすぎるアネスティリアを徹底的にしごいてくれるつもりらしく、皆が帰っても、アネスティリアだけは帰れなかったのだ。

かなり厳しい教師で、今日だけで何度、足元を見ない！　微笑む！　顎を引く！　ステップが遅れている！　と、叱られ続けただろうか。

ラビィーネは今ごろ、アネスティリアのパートナーになることを後悔していないか。

「難しかった？」

「かなり」

そう言うとジュゼは顔をしかめた。

「君はありのままでいいんだよ。そんなに頑張って倒れたら元も子もない。今日は勉強はこれでやめにしてゆっくりしたらどうだい？」

「ありがとうございます、でも、あともうちょっとだけ」

そう言うとまた偉いねと頭を撫でられた。アネスティリアは今度は気にしなかった。

その日の朝もいつもと変わらず、アネスティリアは陰口を言われ、ラビィーネは噂の的になっていたが、なんだか様子が違っていた。

（ラビィーネ様のお顔色が悪い？）

彼女の人形のように美しい白いかんばせがより白く見えるのはアネスティリアの気のせいだろうか。

だが、ダンスのパートナーにしてもらったとはいえ、気軽に大丈夫ですかとは声は掛けられない。

地位の低い者から高い者に話しかけるのは侮辱と同義らしいと儀式が始まったばかりのときに身をもって知ったからだ。

老齢の講師がやってきて授業が始まる。

貴族ならば知っていて当然という認識なのだろう。ほかの令嬢達はつまらなさげだが、アネスティリアは速すぎる板書についていくだけでいつも精一杯だ。

授業は午前中だけだ。

午後はほとんどの令嬢が、各々で親しい友人を誘い合ってお茶会を開いたりしているらしい。

王家にとって娘達はあくまで預かりもの。だから、授業は少し、後は楽しんでとばかりに庭が開放されるのだ。

まだ本が今よりもずっと高価で、貴族とはいえ教育を受けられる女性が少なかったころは、詰め込み教育をされていたらしいが、どんどん儀式が形骸化していった結果らしい。

食堂で提供される食事は父の料理ほどではないが美味しく、授業時間以外なら外に出ることも許される。

実家から侍女を連れてきている者も多く、裕福な家の娘はお菓子を用意して、他の娘達を懐柔したりもしている。

だが、アネスティリアにそんな暇はない。そもそも誘われないというのもあるが、予習復習をしないとまるでついて行けないのだ。

婚約者選定の儀では外国語での会話力、歴史と作法の知識、そしてダンスをどれほど美しく踊れるかの四つを試される。

どれも現状のアネスティリアに足りないものだ。

外国語だけは実家の食堂が港町にあったこともあり、外国人相手に実践を積んできたので話せるのは話せるのだが、貴族がする発音ではないと笑われることもあった。

このままでは本当に最下位だ。上位五名にはとても入れない。

焦りばかりを感じるが、それでもアネスティリアは真面目に勉強をするしかない、馬鹿にされながら。

だから、ラビィーネがアネスティリアと踊ると宣言してくれたとき本当に嬉《うれ》しかったのだ。

チラリとラビィーネの顔を盗み見た。

（やっぱり、お顔色が悪い気がする……）

アネスティリアの懸念は当たっていたようで、ラビィーネの顔色はどんどん悪くなっていき、授業終わりには雪のように真っ白になっていた。

風邪だろうか？　それか、貧血？

だけどドレスの下にあんなに立派な筋肉が鎮座していたラビィーネが貧血になるだろうか。

ならば、もっと悪い病気ではないか。

寝込んでいるとするならば会いに行くのは逆に迷惑だろう。

それにそもそもアネスティリアなんぞが、ラビィーネの居室に直接たずねているところを誰かに見られれば、また噂になってしまうかもしれない。

初めて婚約者選定の儀で令嬢たちが集まったとき、アネスティリアは自己紹介とともに隣にいた令嬢に話しかけた。

結果は散々。

あなた平民の分際でこのわたくしに話しかけてくるだなんて、わたくしを侮辱しているの!?　と、すごまれたのだ。

同じ伯爵令嬢だったが、アネスティリアは出自が平民のため、彼女には許せなかったようだ。

今でも彼女からは聞こえるように悪口を言われている。

しかし、そんな彼女も、それにそのほかの令嬢たちも今ごろ、食堂で昼ご飯を食べているはずだ。

アネスティリアは浮いているので、食堂も風呂も終わりかけにいつもささっと一人で利用していた。

ちなみに群れることが嫌いな様子のラビィーネは、侍女に食事を部屋に運ばせているようだ。食堂も風呂も、利用している姿は見たことがない。

(訪ねるなら、今だ)

早速、誰もいないなと左右を確認し、ラビィーネの居室の扉を叩いた。

婚約者選定の儀では原則、全ての令嬢は平等だという建前はどこにいったのか、公爵令嬢にふさわしい豪奢《ごうしゃ》な扉だ。部屋もきっと広いのだろう。

「あの、ラビィーネ様、アネスティリア・ハッシュフォードです。先日はありがとうございました。えっと、父の手作りの、あ、父は料理人なんですけど、お菓子を持ってきました」

婚約者選定の儀に向かう前日、父がたまには体を動かさないと、伯爵家の台所を借り、不自由な体で無理をして作った日持ちするお菓子。

親しいお友達ができたら一緒に食べなさいと持たせてくれたのだ。

シンとしている。でかけているのだろうか?

アネスティリアは扉に耳をつけた。静かなら帰ろうと思ったからだ。

だが、コトン、と音がした。

居留守、だろうか。

平民のアネスティリアなんぞとは授業が終わったのなら話したくない。助けてやったからと言って調子に乗るなと今ごろ思われていたら……？

（でも、そんなことを思うような方ではないはず。……まさか中で倒れてらっしゃって、今のは力を振り絞って異変を伝えてこられたのでは！）

「ラッ」

ラビィーネ様、大丈夫ですかと叫ぼうとしたときだった。

令嬢たちの話し声が聞こえてきて、アネスティリアは慌ててラビィーネの居室の前から離れた。

あの平民、ちょっと助けていただいたからって調子に乗ってラビィーネ様にまとわりついているわと言われては困るからだ。

アネスティリアが罵られるのは慣れつつあるが、大恩のあるラビィーネをこれ以上噂の的にするような迷惑はかけられない。

（大丈夫……だよね？　侍女も連れてこられているだろうし……）

ああでもそうだ、母が亡くなる前夜、胸に違和感があると言っていた。

心配したものの翌朝にはすっかり元気だと笑っていたので、仕事が終わったら一応、病院行きなよ。と、一言を掛けただけで済ませてしまったのだ。その結果、母は急に亡くなってしまった。

アネスティリアは居ても立ってもいられなくなった。

（ラビィーネ様、今、行きます！）

アネスティリアの自室は排水路の近くでとても五月蝿い。

だが、利点が一つある。

窓から出て、排水路を伝って走り、塀を登り、飛び、木を登れば、ラビィーネの居室の庭にたどり着ける道が見えているのだ。

（平民、舐めんじゃないわ！）

アネスティリアは港町で育ったチャキチャキの庶民だ。幼い頃から海で遊び、木登りをしてきた。普通の令嬢ならできないことだってやってのけられる。

そうして、たどり着いたラビィーネの居室の庭。

アネスティリアは窓を叩こうと駆け寄った。

「ラビィーネ様、大丈夫ですか！」

そのときだった。

窓を開けた上半身裸のラビィーネと目があったのは。

「え」

「は？」

しばし見つめ合う。

「私ったらすみませんっ！」

淑女の裸を見てしまうだなんて、と、目を手で覆った瞬間、気づいた。

ラビィーネはすごく大きなお胸をしているはずなのに、あるはずの膨らみが、ない。

かといって、貧乳を隠しているわけでもなさそうなのだ。

（え、もしかして……）

「ラビィーネ様っておと、ふぐ――っ」

ラビィーネの大きな、そう、大きくて節がある手がアネスティリアの口を塞いだ。

そう、婚約者選定の儀に参加する令嬢達すべての憧れの的、ラビィーネ・イライアス公爵令嬢は男だったのだ。

第二章

ラザフォード・イライアス公爵はラビィーネに割り振られた居室に入ってすぐ、ドレスをはだけさせ、コルセットを外した。

そう、ラビィーネ・イライアス公爵令嬢ではなく、兄であるラザフォード・イライアス公爵がコルセットを外したのだ。

女装するならこれくらいしないといけません、と、今朝は侍女にこれでもかとコルセットを締め付けられ、かなり苦しかった。後で絶対に抗議する。

ラザフォードは双子の妹、ラビィーネのふりをして婚約者選定の儀に潜り込んでいた。

ラザフォードとラビィーネの顔は全く同じだ。

流石に成人した今では、体つきが全く違っているが、それでも顔だけはそっくりだ。

だからこそできた決断だった。

婚約者選定の儀では参加者全員が同じ条件で競うという建前の元、ワンピース型のお仕着せが用意されている。

とはいえ、改造は自由。

そのため、ラザフォードは体格でばれないよう、胸には詰め物。お仕着せにはフリルをふんだんにあしらい、ハリ出た喉仏もばれないよう首には大きなリボンをつけ、あまり話さないようにしている。

そこまでしているにも関わらず、あのときは思わず、わたくしが踊りますわと声を上げてしまった。

ついつい、目の前で行われる虐《いじ》めに腹が立ったのだ。

扉が叩かれる音と、女性の声が聞こえ、ラザフォードは顔を上げた。

「あの、ラビィーネ様、アネスティリア・ハッシュフォードです。先日はありがとうございました。えっと、父の手作りの、あ、父は料理人なんですけど、お菓子を持ってきました」

ラザフォードは居留守を決めた。

今からもう一度コルセットを着け、ドレスを着るのは難しい。

そのとき、開けていた窓から風が入り、カーテンが広がり、窓際に置いていた小物が床に落ちた。

(気づかれたか?)

そっと音を立てないように扉に耳を付けたが静かだ。

そして、どこかの令嬢たちが通路を、噂話《うわさばなし》をしながら歩いて行く声が聞こえてくる。

彼女達が去ってから更にたっぷりと間をとった後、行動を再開した。

小物を拾って、窓を閉めようと手を掛けたときだった。

「ラビィーネ様、大丈夫ですか!」

小さな庭の向こう側、本来いるはずのないアネスティリア・ハッシュフォード伯爵令嬢が駆け寄ってきたのだ。

「え」

「は？」

しばし見つめ合う。

「私ったらすみませんっ！」

そう言い、アネスティリアは手で目を覆ったが、その隙間から覗《のぞ》いた視線がラザフォードのハリ出た喉仏にいき、ワンピース越しでもぺたんこの胸に向かっていく。

「あっ、え、うそ、ラビィーネ様っておとっ、ふぐ――――！」

ラザフォードは己の必死の努力を水の泡と変えそうになる美しい闖入者《ちんにゅうしゃ》まで迅速に窓から手を伸ばし、口を塞いだ。

そう、彼女は美人だ。

アネスティリア・ハッシュフォード伯爵令嬢は、芽吹いたばかりの若葉色の瞳に、色素が薄い肌を持ち、目鼻立ちははっきりしていて、今塞いでいる唇も、ぷっくりと、口づけを待ち望むような形をしている。

それだけならば可愛いという印象を与えるはずであるが、ラザフォードより年下だろうに彼女には色気がある。笑顔はなく、いつも俯いているので、不遇から来るものだろう。

そんな彼女は、暗い木炭の色をした髪を、大きなリボンで二つに高くくっており、幼子でもないのになぜこんな髪型をしているか不思議だった。

全く、本当に、全然、似合っていない。

だが、それを差し引いてもその美しさだけで十二分に目を引く彼女は、それが原因なのだろう、危機感を募らせた朋輩達から平民、下品、最下位最有力候補と、陰口を聞こえるように言われていた。

示し合わせたわけでもないだろうに結託し、的確にアネスティリアの弱みを突いて虐める姿は醜く不快で、ラザフォードを苛立たせていた。

かつて想《おも》い人がいる令嬢が与えられた居室から出てこず、失格になったことがあったそうだ。たぶん、アネスティリアを虐めている者達はそれを狙っている。虐めに心砕かれたアネスティリアが居室に引きこもればいいと。

その上、彼女をダンスに誘わなかった男たちも不快だった。

その美しさに目を引かれていたくせに、ほかの令嬢たちの手前堂々と誘えないが、後で優しい言葉でも掛けて、愛人にするならいいなと、下品なことを言いながらも牽制《けんせい》し合っていたのだ。

「今から口を離すが叫ぶな」

彼女がコクコクと頷いたので、ラザフォードは手を離した。

「あの……男性、ですよね？」

「それがどうした」

開き直りながらもラザフォードはアネスティリアをどうやって黙らせるか考えを巡らせていた。

「言っておくが、お前が騒ぎ立てたところで無駄だ。真実なんてものはいくらでも権力で変えられるんだ。君が事実を言って回ったところで、ラビィーネ・イライアス公爵令嬢に謂《いわ》れのない言いがかりをつけた女だと貴族社会で認識されるだけだからな」

とりあえず、軽く脅してみるもアネスティリアは俯いたままだ。

「そっか、そういうことなのね……」

この程度で効いたのかと軽く安堵《あんど》していると、何か呟《つぶや》いたアネスティリアに両手を取られ、ぎゅっと握られた。

その瞳はきらきらと輝いている。

「皇太子殿下のこと、とても愛していらっしゃるんですね！」

「は？」

ラザフォードは言葉の意味がわからず、ぽかんと大口を開けた。

それは常に洗練されているラザフォードが他人に向けるには珍しい表情だった。

「聞いたことがあります。ラビィーネ様には双子の兄がいて、皇太子殿下と幼馴染みだと。きっと、幼いころからあなた様と皇太子殿下は相思相愛の仲なのですね！　だから女装して、この婚約者選定の儀に参加されているんですねっ！」

「ま、待て、待ってくれ。何の話だ！」

「『ラザフォード、お前、俺のためにっ！』『レオリード、俺は決してお前を諦めない。どんなことをしてもお前への愛を貫くっ!』 そうして、二人は強く抱き合って……。ああ、これぞ愛の力っ!」

アネスティリアの瞳は潤みだし、自分で作った物語に自分で感動しているようだ。

「違う、そうじゃない!」

「皇太子殿下との愛のために女装までっ! 葛藤もあったでしょうに、素晴らしいです! 素敵! 私も微力ながら応援します! どうかその愛、貫いて下さい! 愛しているなら貫くべきです!」

興奮するアネスティリアにラザフォードは腹の底から声を出した。

「だから違うと言っている!」

「…………え、違うんですか?」

やっと聞いてくれたことに安堵して、ラザフォードは思わず近くのソファに腰を落とし、背もたれに体を預けて天を仰いだ。

ドレスを直す気にもなれず、庭先で突っ立っているアネスティリアに視線だけを向ける。

「違う。そもそも君は何で人の部屋の庭先にいるんだ」

「えっと……ラビィーネ様のお顔色が悪かったので心配で、その、ご体調がお悪いのなら看病をと……。それで扉を叩いたのですが、音がしたのに返事がないので倒れていらっしゃるのかと心配になって、つい」

いかにも善良で、それでいて早とちりな理由にラザフォードはため息をついた。

(なにもかもコルセットのせいだ)

「居留守だ、居留守」

「………すみません」

俯くアネスティリアの謝罪には、私なんかが訪ねてしまって、という意味が言外に込められており、ラザフォードは手を横に振った。

「いや、君が嫌だったとかではなく、着替えるのが面倒でな」

アネスティリアを虐めるような奴《やつ》らと同類扱いされるのは癪《しゃく》でついついラザフォードは言い訳をした。

「俺は確かに男で、ラザフォード・イライアスだ。君にはこのことを黙っていてもらえると助かるんだが」

「あ、はい。それは勿論です。でも、ラザフォード様はいったいどうして婚約者選定の儀に？　あっ！愛する令嬢を皇太子殿下にとられまいと！」

アネスティリアが新しい妄想に旅立つ前にラザフォードは遮った。

「違う。貴族令嬢の義務である婚約者選定の儀に参加できない妹の身代わり。それだけだ」

「ご病気ですか？　心配ですね」

婚約者選定の儀には未婚の貴族令嬢は、想い人がいようが、それどころか婚約者がいようとも、参加が義務づけられている。

病気や障害を理由に参加できない場合は、その証明のために王家から直々に医者が家に派遣され、診察を受けさせられるほどだ。

つまり、家から健康な娘を出さなければ王家に対する翻意を疑われる。

「まあ、そんなところだ」

ラザフォードは遠い目をして答えた。

あれは、何年前だったろうか。妹のラビィーネが前世を思い出した、と叫んだのは。

その日から妹の人生は一変した。

この世界が妹が前世で好んでいた乙女げぇむ？　の世界で、妹は悪役令嬢？　などと言いだしたときは気でも狂ったのかと思った。

しかし、その件に関すること以外では妹は全くの正気で、その上、妹の言い分に全く信憑性《しんぴょうせい》がないわけではないのだ。

以前、ラビィーネが行っては駄目と全力で引き留めてきたので両親が旅行を延期したら、通るはずだった隣の領地の橋が落ちたことがあった。

旅程の通りに行っていれば、両親がちょうど通る時間帯だった。見た目では丈夫そうだったが、中身はシロアリに喰《く》われて劣化していたらしい。

妹が使用人を使って他人の領地にある橋を強引に通行止めにしていたため、被害者は誰一人出ず、勝手にしたことをラザフォードが領主に謝りに行き、逆に感謝されて終わった。

両親がそれで人生は短いと気付いて、とっとと引退してしまったのは予想外だったそうだが。

それだけではない。つい最近のことだ。

普段は領地に引きこもっている妹に王都まで連れ出され、暴漢に殺されかけている平民の中年男性を助けさせられた。

暴漢は複数で、少しでも遅ければその男性は殺されていただろう。妹には事件が起きることがあらかじめわかっていたらしい。

そこまでくると、もう妹の話を否定はできない。

この世界が乙女げぇむ？　の世界だというのはさておき、妹には何らかの未来予知の力があることは確かだ。

その妹が言うのだ。

わたくしが婚約者選定の儀に参加すれば、ひろいん？　と呼ばれる女性を手酷《てひど》く虐めたあげく殺そうとして、逆に断罪されて殺される、と。

そんな馬鹿な、仮にもし虐めをしたとしても、隠蔽くらいできると思ったが、ラビィーネはこうと決めれば絶対に動かない娘だ。

ならば病気を偽装しようかとも考えたが、婚約者選定の儀に不参加の令嬢を診察しに来るのは王の信頼が最も深い御典医。金で懐柔はできまい。

それで仕方なく、ラザフォードが女装して来た。それだけのことだった。

「ラザフォード様ってやっぱりすごくお優しいんですね。今回のこと、本当にすみませんでした」

領地で両親とともに過ごしている飼い犬がいたずらをして怒られたときのようにしゅんとして反省しているアネスティリアの姿にラザフォードはひとまずこの様子なら黙ってくれるだろうと確信した。

「いいよ。君は心配してくれたんだろう。ありがとう」

どのみち、婚約者選定の儀で浮いている彼女が何を言い出したところで封殺できる自信はあるのだが、アネスティリアはダンスの授業で助けたことに恩義を感じているのだろう。こんな姿を見たというのに、まだその瞳に映る畏敬の念は変わらない。

「そんな、ありがとうだなんて！　あの、私、絶対に黙っていますし、何かあればきっとお役に立ちます。あの、えっと、お約束します！」

「よろしく頼む」

ラザフォードはひとまず安堵し、微笑んだ。

◇◇◇

午前中の授業を終えたアネスティリアは、王城で馬車を借り、ハッシュフォード伯爵家のタウンハウスで療養中の父を訪ねていた。

外は曇りで、少し風が強い。帰りは雨が降るかもしれない。

ほとんどの令嬢は家に帰るときは自分の家の馬車を使うため、王城の馬車は、ほぼほぼアネスティリアの借りたい放題、のはずだった。

しかし、御者は相手がアネスティリアだとわかると、かなり嫌そうな顔をしてきて、やる気が無いのが丸わかりで、城の隅々にまでアネスティリアの噂が届いていたのだとちょっと落ち込んだ。

「ただいま帰りました、お祖父様」

アネスティリアは本で読んだ型どおりに頭を下げた。

話したいわけではないが、家に祖父がいる以上、素通りというわけにもいかず、アネスティリアは一応挨拶したのだ。

「なかなか様になってきているじゃないか」

祖父は機嫌がいいようで、褒められた。初めてのことに驚きつつ、アネスティリアは顔を上げた。

「ありがとうございます」

「ん？　アーネ、お前目の下の隈が酷いな」

名前を呼ばれ、アネスティリアは眉間に皺を寄せた。

アネスティリアという名前を押しつけてきたのは祖父なのだ。それなのに、元の名で呼ばれたくない。

「必死に勉強しないとついていけないもので」

「そうか。だが、学んだことは必ず役立つ」

「……はい。必ず、上位五名に残ります」

「頑張りなさい。ところでアーネ」

「なんでしょうか?」

「……いや……えっと、そのワンピース、似合っている。その髪も、元のままでもよかったと思うが、なんだ、悪くない……」

「ありがとうございます。ではこれで失礼します」

アネスティリアは普段着ているお仕着せではなく、城を出るに当たって、真っ白なワンピースを着ていた。

お仕着せは城外に出るときは着てはいけないという規律があるためだ。

このワンピースは元は母のもので、縫製まで美しく、王城で着ていても馬鹿にされないだろうと思ったのだ。

父のいる部屋に行くため、アネスティリアはまだ話をしたげな祖父を無視して歩き出した。

(親しくなんかするもんか)

祖父には父を襲わせた疑いもあるし、更に父の治療費を盾にあの場違いな場所でほかの令嬢と競わせた上、気持ち悪い男にいずれは嫁がせようとしているのだ。

絶対に気を許してなるものかと思っていた。

だからアネスティリアはそのままどしどしと進んでいき、父が使っている母の部屋に行った。

勝手に入ると、父は母の本棚から借りたであろう本をベッドに腰掛け読んでいた。

「おかえり、アーネ。ノックくらいしなさい」

「ただいま」

アネスティリアは、母が使っていたという天蓋付きの可愛らしいベッドに腰掛けると、足を引き寄せ。体を丸めた。

「怪我《けが》はどう？」

「お義父さんのおかげでだいぶ良くなっているよ」

父が怪我を負わされた腕と折られた肋骨《ろっこつ》部分を軽く叩いた。一時期よりは回復しているようだ。

「そんな言い方しないで！　父さんがあんな大けがを負ったのはあいつのせいなのに！」

アネスティリアは嫁ぎ先のことは流石に父には伝えていなかった。

伝えれば父は無理をしてアネスティリアを連れてこの家を出ようとするとわかっているからだ。

「アーネ、それは違うよ。お義父さんは暴漢を雇ったりしない。わかるだろう？」

犯人は捕まっているが、たまたま通りがかった父から金を奪おうと目をつけただけだと言っているらしい。

アネスティリアは裏に誰かいるはずと憲兵に主張したが、それ以上深く追及されることなく、捜査はそれだけで終わってしまった。

「そんなのわかんないじゃん！　父さんのこと殴ったし」

アネスティリアは療養中の父に対して、強い口調を使ってしまいたちまち後悔した。

「アーネ、あれは父さんも悪かったんだよ。あんなに早くティアリアが亡くなってしまって、お義父さんも動揺されていたんだ。あのな、お義父さんは……」

「そうそう！　あのね、婚約者選定の儀で、ラビィーネ様っていう素敵な人に出会ったの」

父の言葉を遮り、アネスティリアはわざと話題を変えた。

性善説で生きている父は祖父を善良な人だと勘違いしているのだが、この短い時間しか会えないのだから喧嘩《けんか》したくない。

御者の態度からいっても期間中に帰れるのはこれが最後だろうから。

「素敵な人。……お友達になったのかい？」

「うーん。私が一方的に慕っているだけなんだけどね。とってもお優しくてお美しいの」

咄嗟《とっさ》の話題としてラザフォードを出したが、アネスティリアはしまったなと思った。

ラザフォードが女装していることを黙っていると約束したし、ミルドナーク夫人に苛《いじ》められているところを助けてもらったと言えば心配させるので、話せることは少ない。

「そうか。気になっていたんだ。僕とリアの宝物。お前は何にだって、それこそ皇太子妃にだってなれる自慢の娘だが、僕の子だから平民だと苛められていないかと」

父の言葉はそのものズバリ核心を突いていて、アネスティリアは首を振った。

「大丈夫。まあ確かに、私のことを蔑んでるだろうなー、って目で見てくる人がいないわけじゃないよー。でも私も、同じ目で返してるから！」

嘘《うそ》だ。アネスティリアはいつも俯いている。

しかし、父に本当のことを言って心配をかけたくなかった。

「無理はするな。お義父さんだって、お前が辛いと言えば、わかってくれる」

(そんなわけないじゃん)

「だから平気だって。それにね、知らないことを勉強するのって結構、楽しいの」

「それはよかった」

そうして、アネスティリアは学んだ知識を父に披露していったのだった。

◇◇◇

「俺も見たかったなー。ラザフォードの女装」

向かい側に座り紅茶を飲んでいる男が足を組み、意地悪そうに笑ってきて、長い髪を一つにまとめ男の格好に戻っていたラザフォードは顔をしかめた。

今ラザフォードの前に座っているのは皇太子レオリード、現在行われている婚約者選定の儀の主役である。

金髪碧眼《へきがん》のいかにも王子様らしい王子様、だが、その性格が屈折していることはラザフォードを含む周囲の者達は昔からよく思い知っていた。

それでも一応これまで友として近くにいたのは、そこまで悪い奴ではないし、やられたらやり返してきたからだ。ラザフォードにとって、レオリードはいわゆる悪友というやつだった。

そんな悪友を訪ねるため、ラザフォードは午前中の簡単すぎる授業を終え、密《ひそ》かにラビィーネに割り振られた居室の隠し通路を使って皇太子の執務室に来ていた。

レオリードは今回の儀式には介入できない。

そもそもが、大昔に自由恋愛でとんでもない女を選んだ王子がいて、国庫を傾ける事態にまで陥ったために導入された儀式だそうだ。

そのため、上位五名にまで絞られてやっと主役の王子達は結婚相手を選べるようになっている。

そうはいっても、年々儀式は形骸化し、昨今は蓋を開けてみると順当な結果ばかりだ。

今では、どちらかというと若い貴族の交流会としての要素が中心となっていた。

「びっくりするくらいラビィーネに似てたぜ」

「完璧主義のラザフォードらしいできあがりでした」

「長い付き合いの俺等じゃないと気づかねぇよ、あれは」

レオリードの後ろに控えていた三人の男が口々に声を出してきた。

皇太子レオリードの側近であるウルティオにロード、そしてバルバトスだ。

彼らは口々にラザフォードの女装の詳細についてレオリードに語りだす。

主役だというのに、一人、外されている形になっているレオリードに気を使ってのことだ。

この場にいる全員が妹の言う、乙女げぇむ？　の攻略対象者というやつらしい。

攻略対象者とはひろいんと恋をして、えんでぃんぐ？　で恋人に選ばれるかもしれない男達のことだ。

攻略対象者の中でも、レオリードが一番ひろいんと恋に落ちる可能性が高いそうだ。

「そうそうラザフォード姫、聞いたよ、ダンスの授業で君に選ばれるのを今か今かと待ち望んでいた彼らをふったそうじゃないか」

とことんからかうつもりらしく、レオリードはニヤニヤ笑いっぱなしだ。

「ああ、ラザフォード姫、どうして俺をパートナーに選んでくれなかったんだ」

まるで舞台役者のような大げさな仕草で、側近の一人であるウルティオが嘆いて見せると残り二人も悪乗りする。

「君の信奉者である私達を捨てて、ほかの女の手を取るだなんて！」

「わたくしが彼女と踊りますわぁ！」

側近たちの言葉にラザフォードはピキッとこめかみを波打たせた。

ここにいる側近三人と皇太子であるレオリード、ラザフォードは全員が幼馴染みで長い付き合いだ。

ラザフォードが婚約者選定の儀に参加していることに気付いたときは目をむいていたが、全員、ラザフォードが女装していることは黙ってくれている。

そこは信用している。

だからといって揶揄われて腹が立たないわけでもない。

「そもそも、お前らの内誰か一人が彼女を庇《かば》いに行っていればあんなことせずに済んだんだ」

ラザフォードが足と腕を組むと、バルバトスが手を横に振った。

「いや、俺らはお前に選ばれなかったやつが行くつもりだったんだ。とはいえ流石になと立候補しかけたときにお前が飛んでいったわけで」

ラザフォードは舌打ちした。ラザフォードとて、彼らのうちの誰かを選んだ方が都合がよかったのだが、こいつらのニヤニヤした視線にさらされ続けると思うと。なかなか決断できないでいたのだ。

「あのダンス講師のミルドナーク夫人だっけ？　すごく嫌な人だったな。平等の原則はどこに行ったと抗議したいくらいだったが、俺らは皇太子の側近だから建前上、婚約者選定の儀には口を出せないし、正直お前の啖呵にはスカッとしたよ」

ウルティオがうなずくと、ロードが続けた。

「でも、大丈夫なのか？　あんなに近づいたらお前が男って気づかれてしまわないか？」

何故、自分で助けたのかラザフォード自身にもわからない。それはラザフォードには珍しい衝動的な行動だった。

あのアネスティリアという娘が泣きそうだが、唇を噛《か》みしめて我慢している姿を見ていられず、前に出てしまった。それだけである。

この後のことを考えると不誠実極まりなく、女の扱いが上手いウルティオを蹴り出しておけばよかったのだと正直、後悔はしていた。

「気付かれている。絶対黙っているし、何かあれば助けてくれるそうだ」

「……へー。お前の女装趣味気付かれたのかー」

ウルティオがすっとぼけてきたので睨み付けた。

「趣味じゃない！」

「趣味の域を超えていますからね」

「今度、俺が支援している画家のミューズになってやってくれ」

なおも側近三人組がからかい続けようとしてくるので、ラザフォードは額をもんだ。

「まあまあ、三人ともラザフォードにどんな趣味があろうと自由だ。それより、ラビィーネは何をしているんだ？」

「把握しているだろ？」

ラザフォードはレオリードに向き直った。このために散々からかわれるのを承知で来たのだ。

「領地でラザフォードの恰好をして、朝から晩まで休まず生き生き仕事をしているというのはね。ラビィーネの男装はラザフォードの女装以上に見たいよ。全く、僕のお姫様はどこまでもおてんばで困ってしまうね」

ラビィーネが一筋縄ではいかないことはわかっているレオリードは今はまだ穏やかに笑っているが、笑っているだけだ。

長い付き合いで、彼のはらわたが煮えくり返っていることには気づいていた。

「ラザフォードもいくら妹が可愛いとはいえ、断るべきことは断ったら良いのに、甘いねぇ」

やれやれと言うレオリードにラザフォードはずっと言いたかったことを声に出した。

「仕方ない。ラビィーネはお前の妻にどうしてもなりたくないんだ。絶対に儀式には参加しないと泣いて暴れて、あの矜持《きょうじ》の高すぎる妹が、俺に頭を下げた」

儀式は年頃の貴族の娘ならば強制参加だ。娘を出さない家は叛意《はんい》を疑われる。

それでも嫌だ嫌だと、わがままを聞いてくれない親に駄々《だだ》をこねる子供のごとく、床に這《は》いつくばって泣き続けたラビィーネに先に折れたのはラザフォードだった。

奇矯な行動が多いとはいえ可愛い妹。そこまで嫌がるなら、仕方ない。

代わりに行くためラザフォードは女装まで研究した。

元々凝り性のラザフォードは己がどうすれば華奢に見えるか、美しく見えるかを研究しつくし、すっかり化粧まで上手くなったほどだ。

「レオリード」

ついに真顔になり、ティーカップの持ち手を割りそうなほどの力で握っているレオリードにラザフォードは頭を下げた。

「ラビィーネのことは諦めてくれ」

楽しそうだったほかの三人も固唾を呑《の》んでいる。

レオリードの額に血管が浮いた。目が血走り、怒りでわなわなと震える。

そうしてついにティーカップの持ち手は砕け、カップの破片と紅茶がレオリードの足と床を汚していく。

だが、ラザフォードは目をそらさなかった。

「俺がラビィーネを殺すとか言う前世の予言のせいか？」

「そうだ」

昔は仲の良い二人だった。

ラビィーネは今のようにレオリードを避けていなかった。

だが、ラビィーネが前世を思い出したと叫んだ日から、私はレオリードに殺される運命なの！　と主張しだし、その一切を徹底して拒絶しだしたのだった。

レオリードの混乱も心痛もラザフォードよりずっと大きいだろう。

レオリードはそれこそ、ずっと、ずっとラビィーネに恋をしてきた。

出会ったころからこれまでずっと。

それなのに、突如として何もしていないのに、あなたはいつか私を殺すと、嫌われてしまった彼の心痛はいかほどか。

それでレオリードがラビィーネを嫌いになってくれれば、ラザフォードが女装して婚約者選定の儀に乗り込むほど拗《こじ》れはしなかった。

レオリードはラビィーネを嫌いになるどころか、執着を強めていった。

完全無欠の王子様には誰かに嫌われるのが許せなかったのか、それとも元々の本人の資質なのか。

レオリードはラビィーネを追いかけ回し続けた。

ラビィーネはレオリードと会わないように逃げたり隠れたりしていたようだが、レオリードの方が一枚上手で、いつも捕まってしまい、泣きじゃくってレオリードと話そうとしない妹とそのことに腹を立てる幼馴染みを引き剥がすのがラザフォードの仕事だった。

結果、妹は領地の屋敷に引きこもるようになってしまったのだった。

レオリードは皇太子だ。当然、かなり忙しく、王都から出る機会も時間もあまりない。

それでも何とか理由をつけて、ラビィーネに会いに来ていたレオリードを門前払いしていたのはラザフォードだ。

妹は体調が優れないとバレバレの嘘をついて。

「お前の言葉で、そんな言葉程度で、私に諦めろというのか？」

「まあ、レオならそう言うだろうな」

嫌がるのならば無理矢理《むりやり》に既成事実を作ってでも。

それがレオリードの出した結論だった。

ラビィーネに割り振られた居室が皇太子の執務室に繋がっているのは妹を絶対に逃がさないためだろう。

案内された部屋を初めて見て回り、隠し通路を見つけたとき、自分が来て良かったと心底思った。

あんなむちゃくちゃな妹でも、家族だ。酷《ひど》い目に遭わされたくはない。

そのためなら女装なんて……容易ではないが、仕方ない。

「我が家にお前の息がかかった使用人がいて、妹を見張らせていたのは把握している。だが、これまで、何もしてこなかったのはいつかお前と妹が元に戻れる日が来るかも知れないと俺自身も願っていたからだ」

そのとき、レオリードの専属騎士がすさまじい速さで近づいてくる足音が響いてきた。

「殿下っ！」

焦った様子で許可無く執務室を開けた騎士は、伝書鳩《でんしょばと》にくくりつけられていたであろう緊急事態用の赤い紙を握っていた。

例の密告者の仕業だろう。

全て計画通りだ。今からならば絶対に間に合わない。

こんなにも馬鹿馬鹿しい婚約者選定の儀にラザフォードが真面目に参加していたのは、すべてこの日のためだった。

婚約者選定の儀が始まってすぐのころは、ラビィーネを領地で見張っていた者達も警戒していただろうが、中盤にさしかかった今は緩んできていた。

元から決まっていた領地の視察にかこつけて、ラザフォード扮《ふん》するラビィーネが出かけるにはとっておきの機会だった。

レオリードは普段の泰然としたふりはどこへやら、騎士から紙をひったくり、読んですぐぐしゃぐしゃにして床に投げ捨てた。

「ふざけるなよ！　ラザフォードっ」

レオリードに胸ぐらを掴《つか》まれたが、怖くもなんともない。

ただ、幼いころからともに居た彼らとの友情がこれで終わると言うことだけが悲しい。

「ラビィーネが決めたことだ」

一発くらい殴られることを覚悟していたのだが、レオリードは殴る直前で、手を下げた。

「ラビィーネは……そんなに、そんなに俺が嫌か。殺すわけ……殺すわけないだろう？　こんなにも、ラビィーネを愛しているのに」

ラザフォードは胸ぐらを掴んで動かなくなったレオリードの手に手を置き、引き剥《は》がした。

「ごめんな」

ラザフォードは床に落ちた紙を拾って、元通りに戻す。中には短文のみが書かれていた。

『ラビィーネ様、修女院入り』

ラビィーネ・イライアスは産まれ持った公爵姓を捨て、神の花嫁になるのだ。

しばらくは見習い期間があるとは言え、いずれは請願し修道女になったことを世間に公表すれば家族でも簡単に会えなくなる。いわんや、レオリードは皇太子とは言え赤の他人。

これで妹の心は穏やかになるだろう。それだけが救いだった。

「ごめん。ついぞラビィーネをお前と向き合わせることができなくて。だが、もう諦めてくれ。ラビィーネは皇太子妃にはならない」

「……っ！」

レオリードが俯き、絶望にがっくりと床を見つめている。

ロードが慌ててレオリードに駆け寄った。

「ラザフォード、お前っ！　ラビィーネを何故止めない！　ラビィーネだって本当は！」

ウルティオの言葉はラザフォードの罪悪感を刺激したが、表情には出さず遮った。

「とにかく、俺は伝えたからな。お前ら、あの娘、アネスティリア・ハッシュフォード伯爵令嬢のダンスの相手、頼むな」

「お前が俺たちに頼みごとをできる義理があると思うな！」

バルバトスに怒鳴りつけられたが、ラザフォードは努めて穏やかに返事した。

「お前らは優しいからパートナーになるさ。俺のためではなくあの子のために」

ラザフォードはそれだけ言って、レオリードの前から立ち去ったのだった。

◇◇◇

「うそ……！」

アネスティリアが父と別れ、伯爵邸から出たとき、外は雨が降りはじめていた。

そして、行きに乗ってきたはずの馬車がない。

どこかに停《と》め直したのだと思い、周囲を見渡すも影も形もない。

（あの御者、帰っちゃった？　やる気がない人だったし、送れば終わりだと思ってた？　いや、もしかして、誰かが私を失格にさせるために？）

寮の門限に間に合わなければ、時間を守れないとミルドナーク夫人に試験を受けさせてもらえなくなる。他の令嬢ならばお目こぼしされるだろうが、アネスティリアは違う。

それなのについつい楽しくて、ぎりぎりまで粘ってしまった。

「アネスティリア」

祖父が屋敷から出てきて話しかけてきた。伯爵邸に馬車はない。

老齢で出不精になっている祖父には必要ないため、用事のあるときだけ都度、雇っているからだ。

この祖父に頼ってお金を無心すれば、辻馬車《つじばしゃ》を捕まえられるだろう。

だが、アネスティリアにだって矜持はある。そんなことは絶対にしたくない。

「それではお祖父様。私はこれにて失礼します」

アネスティリアは駆け出した。

「待て！　アーネ」

祖父が呼び止める声が聞こえたが振り返らなかった。

母の絵の一つ飾っておらず、家族の肖像画すら置いていないような薄情な祖父に頼るものかと思った。

平素なら間に合う距離だった。

伯爵家は旧家だけあり、王城に近く、ほぼ一本道だ。

大きなお城は眼前にある。ただ距離が遠いだけ。

アネスティリアの脚力ならば充分に間に合う。

アネスティリアは、貴族のお嬢さまとして育っていない。両親の商売を手伝って一日中働いていたし、脚力には自信があった。

だが、雨脚がだんだん強まってきて、進行方向から降ってくる強い雨に邪魔され、纏わりつく服のせいでうまく走れない。

それでも、走る、走る、走る。だが、ついに転び母の形見のワンピースは泥だらけになった。

そのとき、前方から馬で駆け抜けるラザフォードとすれ違った気がした。

それを気のせいでしかないと片付けアネスティリアは再び走り出した。だが、その足はずっと遅い。

あのとき、大掃除と称して家中の物を引っ張り出した母は、真っ白な、入るはずのない細身のワンピースを体に沿わせ、普段は雑にくくっている艶《つや》やかな黒髪をほどいて微笑んでいた。

『これとっても綺麗でしょう?』

一目見て欲しくなった美しいワンピース。

可愛い、くれるの？　ちょうだいと、現金な返事をした。

母はちょっと怒って、でも、笑って、まだあげないと言った。

ええ――、と確かそのとき少し拗《す》ねたのだ。

『これはね、お母さんがお父さんと駆け落ちするときに着ていたのよ』

何と答えたのだったか。多分、駆け落ちにしては派手な格好したんだねと失礼なことを言った気がする。

母の生家は知らないままだったが、両親が駆け落ち婚で、母は裕福な暮らしを捨てて父と共に生きることを決めたというのは何度となく聞いていたから。

冷めた娘に対し、母は幸せそうに笑った。

『あら、好きな人との駆け落ちよ。可愛い恰好をしたいじゃない』と。

はいはいと、肩をすくめた。全く、いつまでたっても新婚なんだからと。

だって、ずっとこの生活が続くと思っていたから。

『アーネ、あなたにいつか好きな人ができたらあげる』

駆け落ちするくらい？　と、あのとき揶揄うんじゃなかった。

『そうよ。そのくらい愛している人ができたら着なさい。アーネ、愛する人ができたなら離しちゃ駄目。愛はね、貫かなきゃ愛じゃないの』

母が、まだ生きていたころのやりとり。そんなに前のことではないのに酷く昔のことに思えた。

もう戻れない、ありふれた日常にアネスティリアの頬《ほお》は雨以外でも濡《ぬ》れていた。

しかし、後もう少し走れば間に合うというところで、王城の大きな鐘が鳴り始め、門番達が大きな門を動かし、閉めようとしている。

(間に合わないっ！)

「待って！　お願いっ！」

叫んでも、雨にかき消え、門番には届かず、門がどんどん動いていく。

「アネスティリア・ハッシュフォード！　掴まれっ！」

大雨の中、聞こえないはずなのに後ろから呼ばれた気がして、振り向いた瞬間、馬上から体を横に大きく倒している誰かの手が、アネスティリアに差し出された。

その手は強く、気付けば、アネスティリアは腹に手を回され、馬上に抱き上げられていた。

「ひゃっ！　……ラザフォード、様？」

さきほどすれ違ったのはやはりラザフォードだったのだ。

髪型だけはいつもの双子の妹であるラビィーネを模した巻き髪だが、そのほかは外套に隠れて見えない。

普段ならばフリルたっぷりに改造したお仕着せを着こなしている彼だが、今日は女装していないのだろうか。

「迅速に行く！　離れるなよ！」

その言葉にアネスティリアは素直に従った。ラザフォードの背中に手を回し、強く抱きつく。

硬い体、力強い腕、ラザフォードは美しくともやはり男なのだ。

門がもう閉まる。

間に合わないと思ったそのとき！

ヒヒーンと、馬が大きくいななき、飛び上がる。

まるで人間二人を乗せているとは思えないほど軽やかに。

悲鳴を上げる間もないまま、ぴったりと閉まりかけた門を飛び越え、ドンと、音を立てて着地した。

アネスティリアの心が絶望に染まりかけたそのとき、馬に乗ったラザフォードが現れ、アネスティリアを救ってくれたのだった。


馬を預けたラザフォードに連れられるがまま、ラビィーネの居室へ行くと、公爵家から連れてきたのであろう中年の侍女が目を丸くしていた。

「すまない、エリザ。事情が変わった。悪いが風呂を用意してくれ」

ラザフォードの言葉にエリザと呼ばれた侍女は頷きながらもアネスティリアを見た。

「まあまあ、可愛らしい方ですね。ちょうどお風呂の準備を始めたところでしたからもう少しお待ちくださいね」

エリザは誰とも知らぬアネスティリアににこやかに微笑みかけてくれ、風呂場があるらしき方へと向かっていった。

連れてきてもらったラビィーネの居室はやはり広い。共同風呂を深夜にこそこそつかっているアネスティリアと違って、部屋に風呂まであるのだ。

アネスティリアはミルドナーク夫人の胸ぐらを掴んで揺らしながら、婚約者選定の儀における平等の原則はどこに行った！　と、聞きたくなった。できるわけがないのだが。

「とりあえず拭きなさい」

外套を脱いだラザフォードは髪型だけはラビィーネなのにやはり服は男物で、そのちぐはぐさが逆に似合っていた。

気付いていなかったが、ラザフォードの髪は地毛なのだ。

ハンカチを持っていない方の手で髪を手ぐしで雑に後ろにまとめるその姿は、男には相応《ふさわ》しくない言葉かもしれないが、美しい。

「アネスティリア……アネスティリア・ハッシュフォード伯爵令嬢、どうした？」

熱心に見つめてしまっていたことに気付きアネスティリアは慌ててハンカチを受け取った。

「すみませんっ！」

わかっていたこととはいえ、ワンピースは泥だらけだった。泣きそうになって、これ以上迷惑は掛けられないと、堪えた。

（しまった！）

びしょ濡れのため、床に水たまりを作ってしまっている上、泥もついている。

アネスティリアは慌ててワンピースと靴を脱いだ。

「……っ！　待て！　待て！　待て、何をしているっ！」

ラザフォードにしては焦った口調だが、それどころではない。

「床を汚してしまったので拭きます！」

返事をしながらも、借りた高価そうな真っ白なハンカチではなく、脱いだばかりのワンピースで床を拭こうとする。

ワンピースはもうどうにもならない、捨てるしかないのだろうから。

（母さん、ごめんなさい）

一瞬のためらい、それでも手を動かそうとすると、かがんだラザフォードに手を捕まれた。

「違う、床じゃない。体を、服の上から拭けと言ったんだ！」

ラザフォードが着ていたジャケットをアネスティリアの体に掛けた。アネスティリアには大きいが、ラザフォードのぬくもりがのこっているのもあり、温かい。

「俺は確かに事情があって妹のふりをしてはいるが異性愛者だ。前を、迅速に、隠せ！」

「え、あ」

アネスティリアはラザフォードが目をそらしていることにここでやっと気付いた。

肌着で体のほとんどは隠れているとはいえ、薄着になってしまっていることに代わりはない。

「すみません、お見苦しい物を」

「いや……」

「あっ！　やっぱり、駄目です、すみませんっ！」

アネスティリアは再び、ラザフォードの上着を慌てて脱いだ。

「なっ！」

見苦しい体を晒《さら》すことにはなるが、ラザフォードのジャケットを汚すわけにはいかない。

「すみません、私、髪を染めているんです！　雨で濡れてしまったので、ラザフォード様のジャケットに色移りをしてしまいます！」

アネスティリアは襟元を舐めるように見て、汚れがついていないか確認する。

アネスティリアの貯《た》めていたお小遣いで買える安い髪染め液は濡れれば簡単に色が落ちてしまう代物なのだ。

「移っていい、移っていいからっ！」

「ああ、やっぱり付いてる！　すみませんっ！」

肩口に小さなシミを見つけ、アネスティリアは小さな悲鳴を上げた。

すぐに洗濯すれば取れるだろうか？　公爵のジャケットなど幾らするかわからない。弁償できる気がしない。

「だからだなっ！」

ラザフォードの手が強引にアネスティリアからジャケットを奪うと、ひろげて、くるむ。

「式典でもないのに高価な服は着ない。汚れる前提の乗馬服だ。いいからもうなにも気にするな。とにかく風呂に入れ」

「でも……あっ！」

尚《なお》も反駁《はんばく》するとじれた様子でラザフォードに軽々と抱え上げられた。

そしてずんずんとラザフォードは進んでいく。

風呂場にいたエリザが何事かと目を見開いている間に、アネスティリアは湯のたまった浴槽に乱暴に投げ入れられ、顔に飛沫《しぶき》がかかった。

「きゃっ！」

「坊ちゃま！　何て乱暴なことを！」

エリザの指摘をラザフォードは無視した。

「そこの棚に寝間着がある。次は服を着て出てこい、わかったな！」

「でも」

「返事は『はい』だ！」

「はいっ」

ラザフォードは目を逸《そ》らしつつも、アネスティリアに命じたのだった。

◇◇◇

風呂場を出てラザフォードは一人、頭を抱えたくなった。

(今日はなんて日だろうか。いろいろなことがありすぎた)

できることならこのまま酒でも飲んでゆっくり寝てしまいたいが、そんなわけにもいかず、ラザフォードはアネスティリアと違い大して濡れていないので、とっとと着替えた。

駄目だ、アネスティリアの体が頭から離れない。

あれで誘っていないのは嘘ではないかと言いたくなるが、アネスティリアの目はどこまでも本気でラザフォードの部屋の床やジャケットを汚したことを心配していた。

童貞でもあるまいに女の体の一つや二つ、とっとと忘れるべきだ。

それこそ、過去に裸で勝手にベッドに侵入している女がいて、既成事実を作られないよう、窓から逃げ出したことすらあるというのに。

(ああでも、柔らかそうな肌だったな……)

日に焼けていない部分は白く、華奢だ。胸元は肌着と髪に隠れていてよく見えなかったが、丸く、形良く、膨らんでいた。

それに、小さな布で隠されていた下の部分も、きっと華奢なのだろう。

キャンキャンぴょんぴょんと興奮して跳ね回る少しお馬鹿な飼い犬がまだ子犬だったころのようなアネスティリアは、幼い印象はそのままに、体だけ成熟していて、どことなく淫靡《いんび》に感じる。

あのいつまでも黙らない口を口づけでふさいで、どれほど愛撫《あいぶ》を加えれば静かになるだろうか。

ふにゃりと弛緩《しかん》した体に跡をつけて、足を開かせて、惚《ほう》けているところに押し入るのだ。

どんな声で鳴くだろうか。きっと、高くて、甘やかな声だろう。

そしてずうっと喘《あえ》がせ続けるのだ。

「若旦那様、これは一体どういうことですか？　本物のラビィーネ様が修女院に入られ次第、体調不良という設定で居室に籠もっているふりをして、ラザフォード様はタウンハウスに戻る計画だったはずでは？」

後ろから声をかけられラザフォードの身体が跳ねた。

（馬鹿なことを考えた……！）

風呂場から出て来たエリザが腕を組んでいる。

動揺を悟られないよう、ラザフォードは偉そうに足を組んでソファにどっかり座った。

元々、エリザ一人を王城に残して体調不良のラビィーネの世話をつきっきりでしているという設定にする予定だったのだ。

そうしてそのまま全ての授業を欠席し、試験にも出ず失格になるつもりだった。

レオリードはラザフォードを恨んでいるだろうが、女装がバラされることはない。

皇太子の立場では婚約者選定の儀に口出しはできないようになっており、それはレオリードの側近も同様だ。

それになにより、彼がラビィーネを愛している以上、ラビィーネが罰されるようなことはしないと踏んでいた。

しかしながらいつまでもラザフォードがここにいるのはレオリードが嫌だろうし、公爵としての仕事があるので、早々に城を抜け出したのだ。

だから、風呂の準備をしていたのも本来ならエリザが風呂に入るつもりだったのだろう。

ちょっと演技をするだけでお給金とお休みがいただけて、貴族のために用意された食事も食べられる！　と楽しみにしていたエリザには申し訳ない。

一番信頼している侍女のエリザはラザフォードとラビィーネの乳母も務めていた。

何があったか言えば、確実に叱られると思い、ラザフォードは目頭を揉《も》んだ。

「あの娘はアネスティリア・ハッシュフォード伯爵令嬢で、俺がラビィーネのふりをしていることを知っている」

「そうでございましょうね」

アネスティリアがラビィーネの居室に飛び込んできた日。あのとき、エリザには休憩を与えていていなかったのだが、こんな風に連れ込んだら気付かれただろう。

「彼女は……平民出身で、その……婚約者選定の儀で浮いていて、特に、ダンス講師のミルドナーク夫人から目の敵にされているから、つい……」

「庇ったんですね？　それはとても素晴らしいことですわ」

にっこり微笑んだエリザにラザフォードは頷いた。

「それでつい、ダンスの試験は俺がパートナーになると宣言してしまった」

「坊ちゃま？　今日、王城を出て行く予定でしたよね？」

エリザが怒っている。

若旦那様ではなく、図体が大きくなったラザフォードを坊ちゃまと呼ぶときはつまり、叱るつもりのときである。

「城は出た、出たんだ。ほかの奴らに代わりに彼女と踊ってやってくれと頼んだ後にな。だが、城の外で泣きながら走っている彼女を見かけて……」

「思わず、また助けてしまったわけですか、なるほど、なるほどー」

先ほどまで怒っていたはずのエリザがニヤニヤ笑っている。なるほどなるほどとずっと言いながらアネスティリアが勝手に脱いだワンピースを回収しだす。

流石に脱いだばかりの女性の衣服に触れることにためらいがあったため助かった。

「なんだ？」

「わかりませんか？　そうですか、そうですかー。まあまあ、まだまだ坊ちゃまですねぇ。成人されて何年か経《た》っていらっしゃるはずですのに」

実に楽しそうににやにや笑い続けるエリザにラザフォードは眉を顰《ひそ》めた。

「坊ちゃまって言うな」

風呂場の方からガチャリと音がした。

「すみません、お風呂いただきましたっ！」

バタバタとアネスティリアはラザフォードの寝間着を着て出てきた。

とはいえ、下は大きかったのだろう、上しか着ておらず、太ももがちらちらと見えている。

んっ！　と、エリザの咳払《せきばら》いで、下ばかり見てしまっていたことに気づいたラザフォードは、顔を上げてアネスティリアを見た。

頭の中で必死に、次に議会で提案する予定の草案を諳《そら》んじていく。

でなければ、下半身、いや、下半身のことは考えてはいけない。風呂に下着まで付けたまま投げ込んだのだから、もしかして、はいていないのでは……。

（いやいやいや）

思考を逸らして気付く。

「……赤毛だったのか」

必死に乾かそうと拭いたのだろう、ボサボサになっているふわふわとした主張の弱い薄い赤毛は、美人だとばかり思っていたアネスティリアをかわいらしく見せ、ラザフォードはたちまちよこしまな目で見ていたことを反省した。

「あらまあ、綺麗な御髪《おぐし》ですこと」

怒っていたはずのエリザがにこやかに微笑み櫛《くし》を出してきた。

「すみません、お湯を汚してしまったので抜きました」

アネスティリアはあまり見られたくないのか、髪を両手で覆ったが、隠しきれるものではない。

「お気になさらないでくださいな」

「あっ！　すみません！　服も脱ぎっぱなし!!」

慌てて濡れた服を受け取ろうとするアネスティリアにエリザはすーっと体の後ろへやった。

「わたくしが洗っておきますよ」

「そんな申し訳ないです！　あの、本当に、もう泥だらけなので捨てるつもりで……」

そう言いながらも、アネスティリアは泣きそうな顔をしていて、ラザフォードはその表情がすごく気になった。

だが、エリザは何故かラザフォードに櫛を手渡したので、その理由を考えることはなかった。

「何故、染めているんだ？」

ラザフォードはアネスティリアの髪に視線を合わせた。もうそれ以外、視界に入れるべきではない。

濡れた髪は染めているせいだろう、少し傷んでいるように見える。

それでも、あののっぺりした黒色よりも、まだできたばかりの薔薇《ばら》のつぼみのような今の色のほうがよっぽどアネスティリアに似合っている。

目の端にエリザがお湯を張りに風呂場へ行った姿がうつった。

「私の母は、ハッシュフォード伯爵の娘だったんです。社交界ではその美しい黒髪を評して、黒真珠とよばれていたらしいです。まあ、身内である祖父がそう言っているだけなので、話半分で聞いていたんですけれども」

自慢してしまったのではと、アネスティリアは身振り手振りで言葉を続けた。

「母は私が物心ついたころには、けっこう太っていて、ガハガハ笑う感じの平民のおばちゃんそのものって感じだったんですけど、髪だけは本当に艶やかできれいで……」

過去を懐かしむように、それでいて悲しそうに己の髪に触れる。

ラザフォードは女装がばれてすぐ、アネスティリアのことは当然、調べていた。

駆け落ちの末生まれた少女が母親の死に伴い、ハッシュフォード家に養子入りし、伯爵令嬢となったということは社交界では大変な話題になったので、元から知っていた。

病死だという母親の葬式は、旧家たるハッシュフォード伯爵家の令嬢とは思えないほど小さな葬式だったらしい。

アネスティリアの母親は社交界では大層な美人で有名だったが、平民の父親と駆け落ちした。

当時、社交界では大変な醜聞となったそうだ。それ以降、ハッシュフォード伯爵が一切社交界に出てこないほどには。

娘の駆け落ちは大変な恥だったのだろう。

そういうわけで、ハッシュフォード伯爵は葬式に呼ばれたものの、駆け落ち相手である父親を殴りつけた。

葬儀に参加したアネスティリアの母親の古い友人があちこちで噂していた。

だから社交界はハッシュフォード伯爵は、今後孫とその父親とは関わらないのだと考えていたところ、突如、養子にして、婚約者選定の儀に参加させてきた。

確実に何か裏があるだろう。

アネスティリアがこれほど必死になっていることからもそれは察せられた。

「髪を染めたのは、ダンス試験のときに美しさも選考の基準になると聞いたので、母の若いころに似ていると思われれば有利になるかと思って毎朝安い薬剤を塗っていたんですけれど……。全然、駄目ですね。そもそも私、父親そっくりですし」

アネスティリアは髪を一房掴んで、自身の目前へと持ち上げ、自嘲した。

婚約者選定の儀で浮いていることを気にしているのだろう。

「君が、ミルドナーク夫人に嫌われていないとは言えないし、貴族令嬢のなかで浮いていないとも言えない」

「正直ですね。でも、私もそう思います」

アネスティリアが諦めたように笑った。そんな笑い方をすべき娘ではないと思うのに。

「そもそも、婚約者選定の儀では建前上、全ての令嬢が平等に扱われる。そりゃあ建前でしかないが、君だって伯爵令嬢だ。今ほど、卑屈になる必要はない」

「ですが、私は平民ですし」

アネスティリアは自信がなさそうな顔をしている。昔は強気で剛毅《ごうき》だった妹も最近では似たような顔ばかりするようになっていた。

「今は貴族籍のはずだ。それにほかの令嬢達のなかにも隠しているだけで庶子や養子もいる」

「そうなんですか?」

アネスティリアが驚きに目を見開いた。

「君の場合は隠しようがなかったせいで矢面に立たされているが、俺の知っている限り意外と多い。公爵家の生まれを享受している俺がこんなことを言うのもどうかと思うが、たまたま貴族の家に生まれたと言うだけで驕《おご》るべきじゃない、大事なのは、その地位で何をするかだ」

何をするかアネスティリアはラザフォードの言葉を小声で繰り返した。

「どのみち嫌われているのなら、髪は染めない方が良い。その方がずっと綺麗だ」

「え?」

「そこ、座れ」

レオリードがラビィーネのために用意したであろう豪奢なドレッサーを指さすと、アネスティリアは素直に従った。

鏡に映るアネスティリアは、こんなに高級な椅子を自分が使って良いのかと椅子の端にちょこっと座り、ドレッサーの美しさに見惚れている。

(しまった)

座ったことで裾が短くなり、太股《ふともも》がほとんど見えている。

ラザフォードは天井を見上げた後、エリザから受け取った櫛で、髪を梳《す》いていった。

やはり痛んでいるし、ほつれている。

無理に染めていたからだ。髪用の油を塗布し、また優しく梳く。

「あの……」

ラザフォードの突然の行動にアネスティリアは明らかに戸惑っているが、髪が艶を取り戻すまで、ラザフォードは根気よく髪を梳き続けた。

「髪は下ろせ。その方が美しい。今の髪型は似合っていない」

無邪気だが努力家の少女は、そのままではいられない。ここはそういう場所だ。

なるべく痛くないように、艶を取り戻すように丁寧に梳いていく。

「……私なりの精一杯のお洒落《しゃれ》のつもりだったんです」

「そうか、君にその手の才能は無いようだな」

「う、はい」

俯こうとするアネスティリアの顎を手で持ち上げ、見つめ合う。まっすぐな瞳にラザフォードだけが映っている。

なぜか落ち着かない気分になりながら、ラザフォードは化粧道具を手に取った。

アネスティリアに、派手な化粧は必要ない。薄く、それでいて暗い色気を、健全なものに変えるように。彼女が太陽の下で笑えるように。

「君は何故、そんなに努力をしているんだ？　やはり皇太子妃になりたいのか」

「まさか！　そんな恐れ多い。上位五名に入ること、それが祖父が父の療養費を払う代わりに出した条件だからです。ちょっと前に父が大怪我《おおけが》を負って働けなくなったので……」

アネスティリアは唇を噛んだ。様々な理不尽への怒りを耐えているのだろう。

「伯爵は君を上位五名に入れてどうしたい？」

「私が平民の出なのはみんな知っていますし。祖父の決めた婚約者である遠縁の人も平民の商人なので、家の格が落ちると貴族の皆さんに後ろ指を指されないようにしたいのだと思います」

ラザフォードはそれで理解した。

アネスティリアの祖父は年寄りな上、社交界から離れて久しい。

だから知らないのだ。

現在の婚約者選定の儀は、ほぼほぼ形骸化されていて、試験こそ不正がないように実施されるが、送り込まれてくる爵位の低い家の令嬢は良い成績を取り過ぎないよう親に言いくるめられてくるくらいで、上位五名は爵位の順とそんなに変わらない。

そんななかで上位五名に入ると言うことは、確かに名誉ではあるが、よっぽど爵位が上の家に嫁がない限り、貴族社会からは空気が読めないとつまはじきにされる危険性があることを。

「なるほどな」

（この娘が、誰かのものになる……）

アネスティリアは婚約者とやらが嫌いなのだろうか、浮かない顔をしている。

「ラザフォード様、私、本当の名前はアーネと言うんです」

ラザフォード様には覚えていてほしいと寂しそうに微笑むアネスティリアの言葉にラザフォードは引っかかりを覚えた。

「アーネ？」

「はい、アーネです」

（アーネ……そうだアーネだ！）

ラビィーネは幾度となく、ヒロインとレオリードの恋物語を苦しげにラザフォードに聞かせながらも、いつか自分を殺す女の名前も、素性もラザフォードには言わなかった。

言えば、攻略対象者の一人だというラザフォードが彼女に興味を持ち、恋に落ちると思っていたからだ。

だが、そうだ。

一度だけ、ラビィーネが熱を出したときにぽつりと、アーネ、あなたが憎いと、熊のぬいぐるみを抱きしめながら、言っていたではないか。

天真爛漫《てんしんらんまん》で男達を魅了し、ラビィーネに苛められ、殺されかけて、いつかラビィーネを断罪するひろいんという謎の存在。この世界の主役。

そうだ、貴族令嬢は落ち着きと秘めたる聡明《そうめい》さを求められるものだというのに、天真爛漫な令嬢なんぞ馬鹿馬鹿しいと思っていたが、育ちが平民ならば成る程、納得だ。

今、この手の中に妹の運命を変える存在が居る。

この小さな体で、無邪気な顔をして、ラビィーネの将来を握っている。

ラビィーネはずっとレオリードを拒絶し、恐怖を抱いている。だが、昔は仲がよかった。

もし、恐怖の原因を取り除くことができたのならば？

レオリードと運命の恋に落ち、ラビィーネを断罪して殺すというこの娘がほかの男への恋に落ちたとしたら？

ラビィーネはヒロインがレオリード以外の攻略対象者を選んだとしても、断罪されるのだと言っていた。

だが、今、ラビィーネの場所にいるのはラザフォードなのだ。

（もし、ヒロインが俺に恋をしたのならば？）

断罪は、起こりえない。ラザフォードはごくりと唾を飲んだ。

「完成だ」

化粧を完成させ、ラザフォードはドレッサーの前から後ろに移動し、鏡を見せてやる。

「すごい、私じゃないみたい！　あの、今、どうやってこの化粧を施してくださいましたか？　見ていたつもりだったんですけれど、途中でわからなくなって……」

首を曲げてラザフォードを見ようとするアネスティリアの顎に手を置き固定し、鏡に向けさせる。

「一度で覚えろとは言わん。明日から朝一番に俺の元に来い」

ダンスの授業のときに庇い、先ほどだって助けたばかりだ。アネスティリアはラザフォードを完全に信頼しきっている。

ただの尊敬だけで終わらせるわけにはいかない。そのためには接点が必要だ。

片手で引き出しを開け、ラビィーネに変装するにあたって用意した髪飾りをいくつか吟味し、アネスティリアの髪に載せた。

「うん、やっぱりこれだな。可愛い。似合っているからやるよ」

「かわっ、可愛っ！　あ、え、ま待ってください、待ってくださいっ、待ってください！　これっ、この髪飾りは、あの、いただけませんっ」

少し褒めただけでアネスティリアは顔を真っ赤にして動揺し、それでいて、背中を丸め両手で髪飾りを覆いながらも、触れないよう、落とさないように気を遣っている。

いったい幾らする物を頭に載せているのかと、戦々恐々としているのだ。

「そんなに高い物じゃない。まだ若くて名も知れていない芸術家の作品だ」

ラザフォードは公爵だ。当然、芸術家のパトロンをしている。

それは貴族としての義務の一つだからそうしていたわけだが、それでも金を出す以上、才能を世間に認めさせられると確信している人間にのみ出資している。

この髪飾りは将来確実に高値になる自信があった。

とはいえ、ラザフォードにとってはたいした額ではないし、なにより、自分が選んだこれ以上にアネスティリアに似合う物があるとは思えなかった。

「……ありがとうございます」

アネスティリアはあからさまにほっと、肩から力を抜いた。

「背筋が曲がっている」

「はいっ」

「今度は反らしすぎ」

アネスティリアの肩に手を触れ姿勢を正させる。

「腸が煮えくり返るほど怒っていても、嗚咽《おえつ》が出そうなほど悲しくとも、表情には出すな。だからといって微笑むな。下に見られる。ただ、目だけは強く。違う、睨めと言っているんじゃない。目は絶対にそらさず、相手を見つめるんだ」

アネスティリアはラザフォードの言うとおり、鏡越しに視線をそらさずにラザフォードだけを見ている。

「君が望むなら、貴族令嬢としての振る舞いを俺が一から教える。ただし、厳しいからな」

今からどれほど努力したところで、生粋の令嬢ばかりのこの空間で上位五名にアネスティリアが入ることはないだろう。

(それでも、教養は邪魔にならない)

将来、アネスティリアがどんな男に嫁ぐことになろうとも、教養がなくて誰かに詰られることはあるかもしれないが、あって詰られることはない。

今から騙《だま》すアネスティリアのためにラザフォードがしてやれる罪滅ぼしは、教育をつけてやることだ。

「いいんですか?」

「ああ。だが、覚悟は決めろ。一切の容赦はしない」

「よろしくお願いします!」

アネスティリアはラザフォードの思惑も知らず、真剣な表情でラザフォードを見つめた。

ちくりと胸を刺したのは罪悪感か。先に目をそらしたのはラザフォードだった。

第三章

ラザフォード・イライアスは『迅速』という言葉が口癖であるほどに、せっかちで、何事も素早く処理をする。

そういうわけで、ラザフォードは昨日、授業が終わってすぐにアネスティリアのお仕着せを預かり、家の針子たちに一日で改造させ、さきほど返却したのだった。

アネスティリアは美人だ。

なので、可愛らしい格好よりも、美しい格好の方が見栄えが良くなるだろうと、お仕着せをぴったりになるように詰め、スカート部分はあまりすそが広がらないようにした。

だが、ダンスを踊ったときに回ると、たっぷりと使ったレースプリーツがふわりと広がるのだ。

さっそく改造したお仕着せを着ているアネスティリアはラザフォードの前でくるりと一周し、嬉しそうにニコニコ笑ってありがとうございます、すごく嬉しいです！　と、礼を言ってきたが、ラザフォードは容赦なく、ダンスレッスンを開始していた。

「足！　遅れている！　今度は速い！」

ラビィーネ様にダンスを教えていただけるなんて羨ましいですわ、是非私も、とおべっかを使ってくる令嬢は一人や二人ではなかったが、できの悪い生徒に集中したいと全て断った。

実際、他人にかまっている暇などない。

アネスティリアには教えることは沢山ありすぎた。

手を叩くラザフォードの動きに合わせてアネスティリアに一人で踊らせているが、優雅とは言いがたい。

だが歴史に関しては、よく勉強しているだけでなく、幼いころに歴史好きの父親から寝物語代わりに聞かされていたらしく、基本的なことは頭に入っているし、作法も母親にしつけられていたのか、少し教えればコツを掴み悪くはなくなった。

目を見張ったのは外国語だ。

王都から少し離れた港町の食事処で実践を積んできたらしく、それはそれは流ちょうで、言語によってはラザフォードより得意なものもある。

ただし、商売相手は当然、平民の外国人のため貴人が使うような言葉遣いではない。

それでも、いくつか直し方を教えれば、そこからは速かった。

外国語は確実に上位に食い込めるだろう。いや、外国語だけではない。

ラザフォードは認識を改めていた。ダンスが下手すぎて足を引っ張っているが、それさえ改善されれば結果は大きく変わると。

「手が下がっている！」

レオリードの側近三人組は結局、アネスティリアのパートナーになってくれるつもりで授業に出て来たが、ラザフォードの顔を見つけるなり無視して出て行った。

だから本番はラザフォードがラビィーネのふりをして男装をするという一周回った状態で踊るつもりだった。

「表情‼」

ラザフォードに指摘され、アネスティリアは笑顔を作ったが、ぎこちない。

それを指摘しようとしたときだった。

「おやおや、厳しいね。君は確かイライアス公爵家のご令嬢かな？」

ラザフォードは優雅に振り向いた。声には覚えがある。

「あ、ジュゼさん」

(ジュゼさん？)

アネスティリアにしては親しげな呼び方にラザフォードは眉をひそめた。

「こんにちは、ジュゼット殿下。イライアス公爵家のラビィーネでございます」

「え、殿下っ？」

アネスティリアが礼儀を忘れ、ぽかんと口を開いているので、ラザフォードは睨んだ。

「あっ！」

思い出したようにぎこちなく、それでも教えた作法通りにアネスティリアは頭を下げた。

「こっ、こんにちは、殿下におかれましては、ご機嫌麗しく」

（指導したい。肩が強《こわ》ばっている）

頭を下げるアネスティリアの姿の修正したい部分は一つどころではなかった。

最近は上手くなってきたと思っていたのに、緊張するとすぐに忘れてしまうようで、体に染みこむまで教える必要がありそうだ。

「黒鳥ちゃん、せっかく親しくなれたんだから、そんな他人行儀なことはやめてくれ。いつものようにジュゼと」

「ですが……」

アネスティリアが顔を少し上げた。困った顔をしてラザフォードをチラリと見ている。

アネスティリアはラザフォードの思惑も知らず、こういうときどうすればいいのかすっかり判断を委ねるほど信頼しきっているのだ。

（こんなところに邪魔者がいたのか）

ジュゼット・バンス・エストーニャ。王の腹違いの弟。

少し前までは他国の女王の夫の一人として政略結婚をしていたのだが、女王の死に伴い秘密裏に帰国した。

本来ならば女王の喪に服さなければならないところを強引に戻ってきたため、表に出ることもできず、一日中城でふらふらしていると貴族間の噂で聞いたことがある。

恐らく、ラザフォードよりも先にアネスティリアに出会っていたのだろう。やはりアネスティリアがヒロインなのだ。

確かに奴もまた乙女げぇむ？　とやらにでてくるヒロインを取り巻く男たちのうちの一人だとラビィーネは言っていた。

これからラザフォードに恋をさせなければいけないというのに、ジュゼットと親しくされると面倒だ。

「ジュゼット殿下とお呼びなさい。殿下はあなたが親しく口をきいていい方ではないのよ。当然でしょう？」

冷たく言い切ると、アネスティリアは素直に頭を下げた。

「はい、ラビィーネ様」

「私の黒鳥、君はこの女に指導という名目で苛められているのか？」

ジュゼットの声が不機嫌なものになった。当然だ。公爵令嬢が王弟の言うことを聞かないよう指示したのだから。

とはいえ、ジュゼットは王の弟だが腹違い。

その上、産褥《さんじょく》で亡くなった側妃だった母親の実家は権力争いに敗れ、学者肌の跡取りに代替わりしており、後ろ盾として心許《こころもと》ない。

数いる前王の息子の中でその弱い立場から早々に他国に出されていたという経緯もあり、権威はあれど、権力などほぼほぼ持っていないし、働こうともしないため、これから持つ予定もない。

イライアス公爵令嬢とことを構えて損をするのは向こうの方だ。

「へっ？　え、え、違います！　ラビィーネ様はとても素敵な方です！」

そんな力関係を理解していないアネスティリアは慌てて両手を横に振った。

「本当に？　ああ、すまない。この女が横にいたら言いづらいだろう。だが、信じてほしい。私が君を護《まも》るよ。それに、そもそも君は頑張る必要はない。ありのままで美しいのだから」

「いえ、えっと……」

ジュゼットがアネスティリアの髪に手を伸ばした。

「なんだいこの髪は。これのせいで君を見つけるのに時間がかかってしまった。せっかく美しい黒髪だったというのに、君にこの色は似合わないよ」

「これは……その……」

ラザフォードに言われて元の髪色に戻したと言えば、やはりラビィーネがアネスティリアを苛めているのだと責められると思ったのだろう。

アネスティリアが言いよどんだため、ラザフォードは一歩前に出た。

「わたくしが、元の髪色の方が似合うから染めるのをお止めなさいと言いましたの。アネスティリアは黒鳥ではございません、薔薇の蕾《つぼみ》です。そしてこのわたくしが、必ずや社交界の花として咲かせてご覧にいれますわ。ですから、アネスティリアの努力の邪魔をしないでくださいまし！」

ラザフォードは真正面からジュゼットに喧嘩を売った。

黒鳥？　ありえない。あののっぺりした黒髪のどこが鳥だ。羽ばたけるわけがない。

この男はアネスティリアのことをなに一つわかっちゃいない。

アネスティリアには根性がある。どれほど厳しくしようとも食らいついてくる根性が。

このラザフォード・イライアスが必ず押し上げてみせる。

仕草は自信で美しくなる。自信は努力で育つ。努力は行動の積み重ね。

今決めた。アネスティリアを必ず、上位五名に入れてみせる。いや、入る。アネスティリアの実力で。

上位五名に入った暁には、アネスティリアが空気が読めないと後ろ指を指されないよう父母や親戚に頼んで公衆の面前で彼女を絶賛してもらおう。

後ろ盾にイライアス公爵家がついたとなれば求婚者も列をなし、ハッシュフォード伯爵も平民の商人にはもったいないと婚約者を別の者にしようと考え直すだろう。

（これはすべてアネスティリアのためになるはず。邪魔はさせない）

ラザフォードとジュゼットは見つめ合った。いや、睨み合った。

「あの！　ジュゼット殿下っ」

緊張が続くなか、静寂を破り、アネスティリアが声を上げた。

「心配してくださってありがとうございます。でも、私、頑張りたいんです！　そりゃあ、私はまだまだ何もかも下手くそですが、ラビィーネ様が私のために時間を取って、真剣にご指導くださっているんです。私も応えたい。どうか、応援してください！」

そういってアネスティリアはジュゼットにお願いとずいっと近づいた。

近すぎると、ラザフォードが思わず手を伸ばしかけたとき、ジュゼットはアネスティリアの頬を撫でた。

せっかく、ラザフォードが今朝も完璧に化粧を施した頬を、撫でたのだ。

(触るなっ！)

ラザフォードが手を撥《は》ねのける前に、ジュゼットはアネスティリアから手を離した。

「わかったよ、黒鳥ちゃん。君がそう言うなら応援する。でも、辛くなったらすぐ言うんだよ」

「……ありがとうございます」

アネスティリアが完璧な淑女の礼をしてみせると、ジュゼットはラザフォードを一睨みし、練習場から去っていった。

「あの、すみません」

誤解を解けなかったと、アネスティリアが俯いた。

「いいのよ。アネスティリアのせいではないわ」

ジュゼットが思い込みが激しいという話はわりと社交界では有名だったそうだ。だから別に気にするほどではない。

「でも……」

「どちらかというとわたくしも積極的に喧嘩を売りにいったもの。さ、それよりもう一度、初めから」

「はいっ！」

◇◇◇

「お邪魔します」

今日は久々に授業がない日だが、いつものようにアネスティリアはラビィーネの居室に朝から呼ばれていた。

あれから、アネスティリアとラザフォードは朝から晩までそのほとんどをともに過ごしており、朋輩達はアネスティリアがラビィーネの親友になったとでも思っているのだろう。陰口が一気になくなっていた。

「今日は出かける、迅速に着替えろ」

「あの……」

いつも着ているお仕着せと泥で駄目にしたワンピース以外はアネスティリアは服を持ってきていない。だがお仕着せでは出かけられない決まりなので、どうしようかと思っていると、エリザがニコニコと近づいてきた。

「アネスティリア様。お衣装ならございますのでご安心を。さ、ラザフォード様は準備ができましたらお呼びしますので寝室にでも引っ込んでいてくださいませ」

エリザの主人に対するあまりにも雑な物言いにアネスティリアは目を丸くした。

だが、ラザフォードは気にならないらしく本当に寝室に行った。

「わたくし、ラザフォード様の乳母ですの」

「なるほど、そうなんですか」

母親のようなものだからこれだけ強気に出られるのだとアネスティリアは納得した。

「ですから、アネスティリア様のこと、大歓迎していますのよ」

お仕着せを脱いだアネスティリアはエリザの言葉ににっこり笑った。

「ありがとうございます！　私もラザフォード様のことをとても大切な方だと思っています！」

「まあ！　どういう風にですか？」

エリザもニコニコと笑っている。

「こんなことを言うのはおこがましいですが……」

「おこがましいのですが？」

「いつかラザフォード様の隣に立って」

「隣に立って？」

「大切なお友達だと思っていただけるようになりたいです！」

「……お友達」

アネスティリアの宣言にエリザは肩を落とした。何か変なことを言ってしまっただろうか。

「あの……」

「いえ、いいんです。凄《すご》く素敵な目標だと思います」

「ありがとうございます」

「それで今日来ていただく服なのですが」

エリザがピラリと、箱から出してきた。

「あれ、これ？」

黒色に染められているが、母のワンピースだ。最後に見たときはドロドロで汚くなっていたので、捨てるつもりだと言ったのに。

「泥が染みてしまってどうしても取れなくて、ラザフォード様に言われて染め変えをしたのですが、いかがでしょう？」

「私、私……」

捨ててもらったものだと思っていたワンピースが手元に戻ってきて、アネスティリアは喜びのあまりぽろぽろと涙が出て来た。

「ラザフォード様っ！」

アネスティリアは声を上げた。

「もう着替え終わったのか？　なかなか迅速じゃないか」

寝室から機嫌よさげに出てきたラザフォードにアネスティリアは飛びついた。

「ありがとうございます！」

「な！　えっ、なっ！　エリザ、これはどういうことだ！」

抱きついたアネスティリアに驚いたのだろう、ラザフォードは体を強ばらせた。

「ワンピースが戻ってきたことが嬉しくて喜ばれているんです」

エリザの声にはどこか笑いが含まれていた。

「ああ、そうか、よかった。じゃなくてだな！　なんでまた服を着ていない！　服を着ろ！　着ろ服を！　迅速に！」

ラザフォードの言葉にアネスティリアはまたやってしまったことに気付いた。

今度は見せるだけでなく抱きついてしまったのだ。前回よりもひどいやらかしである。

「あ、すみません。あのワンピースは母の形見だったので嬉しくて、つい」

ラザフォードは以前、自分は異性愛者だと言っていたが、どうにも美しすぎる彼に男性性を感じず、ついついやってしまうのだ。

小さくなるアネスティリアにラザフォードは咳払いした。

「そうか、勝手に染め変えて悪かったな」

「いえ、戻ってこないと思っていたので、こんなによくしていただけて本当に嬉しいです」

「よかった。まずは迅速に服を着ろ。頼むから」

ラザフォードが目をそらしている。また気を遣わせてしまったのだ。

「すみません」

そうしてアネスティリアはワンピースを着ると、王城から連れ出されたのだった。


連れてこられたのはイライアス公爵家のタウンハウス。

タウンハウスとはいえ、流石は公爵家の所有の屋敷。広いと思っていた祖父の家が最早《もはや》何個入るかわからない広さで圧倒され、口をぽかんと開けそうになり、閉じた。

そうして、侍女に今度は可愛らしいドレスに着替えさせてもらい、髪をいつもより低めに、しかし、豪奢に結ってもらい部屋を出ると、ラザフォードがアネスティリアを待っていてくれた。男の恰好で。

「あ、え、あ！」

女装をしたラザフォードばかりを見てきたので、アネスティリアは逆に目を疑ってしまった。

そう、そこにいたのは、世にも美しい男だった。

そりゃあ女装姿があんなにも美しいのだ。男の装いだって美しいに決まっている。

だが、アネスティリアのなかのラザフォードはどちらかというと熱血で、なにごとも迅速な人間なので目の前にいる優雅で優美な貴公子姿と合致しないのだ。

いつもはきつくコテで巻かれた髪は真っ直ぐにおろされ、紳士服に身を包んでいるその姿はどこまでも男性だ。

銀糸の髪はうしろにさらりと流れ、透明で底までみえる湖のような水色の瞳がアネスティリアをとらえ、ふと、細められた。

薄い唇が笑みを浮かべ、長く細い、だが男のものだとわかるしなやかな指がアネスティリアの頬に触れた。

「アネスティリア、似合っているな」

艶を含んでいる低い声。いつもは少し高く響くように意識をしているのだろうが、今は違う。

普段通りに名前を呼ばれているのに、腰骨が震えているような気がした。

(心臓が音を立てている気がする。どうしよう、直視できない。すごく、格好《かっこう》いい。格好良すぎる。きっとこんな格好いい人の横に立つのは美しい人なんだろうな。あれ?)

かすかに胸が痛んだ気がしてアネスティリアは目をしばたたかせた。

「どうした?」

首を傾《かし》げたラザフォードがのぞき込んできて、美しい顔が近づき、アネスティリアは顔に熱が集り俯いた。

「ええっと、何だか、知らない人のように思えてしまって……」

嘘ではなかった。

見たことがなかった男性の姿のラザフォードについドキドキしてしまっているのだと、アネスティリアは結論づけたからだ。

「こっちが普段の姿で、あれは仕方なくしているだけだからな」

嫌そうに言われ、アネスティリアは小さく微笑んだ。

「はい。あの、このドレスはラビィーネ様のものですか？　お借りしてすみません。終わり次第洗濯してすぐにお返しします」

上手く洗濯できるだろうか。あとで洗濯の仕方をエリザさんに聞こうと決意しつつアネスティリアは頭を下げた。

「アネスティリア、そのドレスはお前にやる」

「へ？」

顔を上げると、ラザフォードの端正な顔が思っていたより近くにあり、アネスティリアは目を見開いて固まってしまった。

心臓の音が漏れ聞こえているのではないかと言うほど激しく脈打っている。

「今夜は遅くまで帰さない」

「へ、え？」

絶対に違うとわかっているのに、なんだかそういう意味に感じ、アネスティリアは最早苦しくなってきた。確実に顔は真っ赤になっているだろう。

「安心しろ。公爵家のラビィーネの名で自主勉強という名目でお前の分も報告しておいた。門限に間に合わなくても、アネスティリアを咎《とが》める勇気がある奴なんかいない」

「ありがとうございます。って、だめです、貰《もら》えません！」

アネスティリアは両手を横に振った。

「ほう、イライアス公爵令嬢に、他人が一度袖を通したドレスをもう一度着させるのか？」

ラザフォードが眉を器用に動かした。

「ええ、そんな、でも……」

「さて、今から化粧をする。次に、ドレスでの歩き方に迅速に慣れろ。それができたら連れて行く」

アネスティリアは小首を傾げた。

「どこにでしょうか？」

「本物を見に」

◇◇◇

アネスティリアは陶然とした様子で舞台を見つめている。

イライアス公爵家が年間を通して購入している奥まった席は舞台から少し遠い。

だからアネスティリアは前のめりになって見てしまっており、本来ならば姿勢を正させなければならない。

だが、二人きりの席で、後ろで誰かが見ているわけでもない、折角夢中になって見ているのに叱るのは可哀想だ。

それでも、ラザフォードは話しかけた。

「アネスティリア、今中心に居る女優を見逃すな。彼女は、指の先からつま先まで全てを計算し、美しく見えるよう動かしている。あれが本物だ。舞台女優のように大げさに動けと言うつもりはない。だが、王城では一挙手一投足全てに神経を使え」

「はい」

アネスティリアは返事をすると、視線は舞台に向けたまま、顎を引き、自然とすっと背筋を伸ばした。

その姿は美しい。

ラザフォードは舞台ではなくアネスティリアを見つめていた。

アネスティリア・ハッシュフォード伯爵令嬢は近いうちに完璧な気品を身につける。

本人は全くと言っていいほど気付いていないが、元々素養はあったのだ。

おそらくアネスティリアの母親が基本的なことは生活のなかで教えていたのだろう。それはアネスティリアの言う、ガハガハと笑う母親像と一致しないが、それ以外考えられない。

今だってそうだ。

ラザフォードがアネスティリアのために布から選んだドレスは、初めて会ったときなら着られていただろうが、今は着こなしている。

アネスティリアのお仕着せを改造するときに知った身丈で作ったので、大きさもぴったりだ。

ラザフォードが施した化粧も、手ずから選んだ髪飾りもネックレスも、大きな宝石を使っているが、負けていない。

本人の容姿が変わったわけではない。自信が付いたのだ。

もともと、アネスティリアは清純な容姿をしているのに、目だけは力強い。

その上、いささか、思い込みが激しいところはあるにしろ、頭はよく勤勉だ。

ラザフォードが教えたことは一度で覚え、歴史、地名、人名もどんどん吸収していっている。

あの大雨の日。ラザフォードは帰ってくるつもりなどなかった。

だが、あのとき、まるで運命に導かれたかのように、泣いているアネスティリアとすれ違ったのだ。

そうして、気付けば引き返していた。

（ああ、それにしても綺麗だな）

ラザフォードが連れてきた舞台に夢中になるアネスティリアは綺麗だ。

自分はアネスティリアに舞台をしっかり見るよう言ったくせに、ラザフォードは劇が終わるまでずっとアネスティリアを見つめていた。

「いちにっさん、いちにっさん」

タウンハウスに帰ってきてすぐ、ワンピースに着替えさせはしたが、休ませることなくラザフォードはアネスティリアを一人踊らせ始めた。

アネスティリアの動きはかなり良くなっていた。やはり最も優れた手本を見せるのは効果的だったようだ。男のラザフォードが女側を踊ってみせたところでなかなかこうはならない。

アネスティリアは指の先まで芯が通ったかのように踊れていた。

くるりと周り、アネスティリアは止まった。ラザフォードが叩いていた手を止めたからだ。

「すこし休憩しようか」

そう言って水差しからグラスに注いだ水を渡すと、アネスティリアはありがとうございますと受け取りすぐ飲み始めた。

よっぽど喉が渇いていたらしい。ごくごくと喉が動いている。

そうしてあろうことか、ぷはーと息を吐き、はっと気付いてラザフォードを見た。

怒られる前の犬のようなやってしまったという顔をしているアネスティリアがなんだか可愛く思え、叱るどころかラザフォードは笑ってしまった。

「淑女の行動を笑うのは失礼ではないのですか」

むっと唇を尖《とが》らせるアネスティリアに、ラザフォードは余計に笑ってしまった。

「悪かったよ、美しい人。お詫《わ》び、といってはなんだが、庭を案内させてくれ」

そういって手を差し出すと、アネスティリアは今度は恭しく手を取った。

教えたとおり仕草まで完璧に。

しかし、表情はやはりまだ怒っているのかツンとしている。

（かわいいな）

再び心をよぎった感情は、きっと庇護欲《ひごよく》だ。妹のラビィーネに抱いているものと同種のそれ。

ベランダから外に出るとアネスティリアは首を大きく動かした。

優雅さの欠片《かけら》もない動きに注意せねばと思うのに、何故かそのままでいさせたくてラザフォードは黙った。

そして、庭の真ん中に作られた植木でできた迷路の入り口までアネスティリアを連れて行った。

「わあ！　私、迷路初めてです！」

アネスティリアが目を輝かせた。

今宵《こよい》は月夜だ。夜とはいえ明るく、迷路はまだ楽しめるだろう。

ラザフォードの腕に乗せていた手をアネスティリアが離した。

「……！」

ラザフォードは思わず手を伸ばしていた。だが、アネスティリアが進む方が速かった。

かすって、掴めなかった手が酷く寂しくて、その事実が信じられなくてラザフォードは己の手を見つめた。

そのとき、ラザフォードのそんな想いに気付いたのだろうか、月に照らされたアネスティリアが笑顔で振り向いた。

初めて化粧を施したときに、アネスティリアはこんな風に笑うべきだと考えたそのものの笑顔。

それなのに、アネスティリアという存在が遠く感じた。とても、とても遠く。

「ラザフォード様、迷路の答えは言っちゃ駄目ですからね！」

そう言ってアネスティリアはぱたぱたと軽やかに進んでいく。

ラザフォードはその後ろを歩いて追いかけた。

子供のように一緒に駆け出してしまいたい衝動を抑えるため、わざとゆっくりと。

曲がり道でアネスティリアの後ろ姿が見えなくなった。

確かこの先は行き止まりだとわかっていたのに、アネスティリアが見えなくなると落ち着かず、ラザフォードは角を曲がった。

「きゃっ」

ぽすっと、胸に衝撃を感じた。戻ってきていたアネスティリアを抱き留めたのだ。

何とか、後ろによろけるような無様なまねはせずにすみ、顔を上げたアネスティリアと目を合わせる。

「すみません！」

ラザフォードは慌てて飛び退こうとするアネスティリアの背中に回した手を強めて、離さなかった。

「ラザフォードさま？」

アネスティリアは急に押し黙ったラザフォードに不思議そうな顔をしている。

その瞳にはラザフォードしか映っていない。

世界で二人きりになったかのような錯覚。

頬に手を添えると、何の警戒もせずにアネスティリアは顔を傾けた。

にこにことラザフォードのことを信用して安心しきっている。

ラザフォードは吸い寄せられるようにアネスティリアに口づけていた。

それは、欲望。

ラザフォードを欠片も意識していないアネスティリアに己を刻みつけたいという勝手な欲望だ。

ぷっくりとした下唇を吸って、舐める。

ラザフォードが用意した口紅を塗らせていたアネスティリアの唇は、化粧の味がするはずなのに、甘かった。

「っんん？」

アネスティリアが驚きに唇を開いたので、ラザフォードはそのまま開いた口に舌を差し込んだ。

動かない舌に舌を絡め、背中に手を回し撫《な》で上げる。

びくびくとしなる背中。

「ふっ、う」

アネスティリアの唇の端から、飲み込めなかった唾液がこぼれていく。

ラザフォードが施した化粧は崩れていくだろう。

それでも構いはしなかった。

アネスティリアの体からはどんどん力が抜けていき、ラザフォードの胸元に縋るように手を置いた。

それで更に気分がよくなりラザフォードは呼吸も忘れアネスティリアの口内を好きなように貪った。

ラザフォードはこのときはじめて離したくないと思った。

アネスティリアの婚約者だという男については調べればすぐにわかった。自分がハッシュフォード伯爵家の跡取りだと喧伝《けんでん》して回っているからだ。

くだらない、実にくだらない男。

そんな奴にアネスティリアを渡したくない。このままこの腕の中から離したくない。

そうだ、離したくないから、離さなかった。

答えはもうわかっていた。

妹曰《いわ》く、アネスティリアはこの世界でひろいんという役割を与えられた人間だ。

そうだ、アネスティリアはその天真爛漫な笑顔で沢山の男達を魅了し、恋に落とす。

アネスティリアに自分に惚れさせるはずが、もうすでにラザフォードは恋に落ちていたのだ。

いつだろうか。今ではないことは確かだ。

ああそうだ、ずっと、気付かないふりをしていただけなのだ。とうの昔にラザフォードはアネスティリアに恋をしていた。

（絶対にレオリードには渡したくない。アネスティリアが欲しい）

そのとき、強く胸を叩かれた。

「っ！」

ラザフォードが正気に返ったころにはアネスティリアは荒く息をして、息の仕方も知らないアネスティリアに苦しい思いをさせたのだとわかると、自分がとんでもないことをしでかしたことに気付いた。

頭に冷水を掛けられたようだ。

一方的に欲望のまま口づけるなど、すべきではなかった。

「悪い、間違えた」

言い訳にもなっていない言い訳。ラザフォードは行動を間違えた。まずは好きだと伝え、アネスティリアに自分を意識させなければならなかったというのに。

アネスティリアは息を整え、ラザフォードから一歩、二歩と、後ろに下がって離れていき、両手を軽く挙げた。

当然だが顔色が悪い。それでもアネスティリアは怒らなかった。

「…………えっと、大丈夫です！　あの、間違えたなら、仕方ないかな？　と。えっと、あ！　私、まだ迷路の途中でした」

そうして、アネスティリアはものすごく気にしているに違いないのに、気にしていないふりをして、駆け出していったのだった。

◇◇◇

（なんで、なんで、なんで？）

アネスティリアは俯いて走っていた。最早、迷路を攻略しようという思考すらなく突き当たりが見えるとすぐ引き返し、また走る。

ラザフォードは間違えたと言った。

（誰と？）

きっと過去にこの迷路をラザフォードとともに攻略した誰か。すごく美しい、家柄から何から全てがラザフォードにふさわしいどこかの令嬢。

それで、さっきのアネスティリアとラザフォードのように二人はぶつかって口づけたのだ。

そうだ、そうに決まっている。

アネスティリアの胸はズキズキと痛んだ。それで、ようやく気付いた。

（私、ラザフォード様が好きなんだ……）

「どうして？」

優しい人。アネスティリアのために、沢山のことを教えてくれている人。婚約者選定の儀で出会った唯一信頼できる人。

大切な友人になりたかったはずなのに。

気付けば、涙が溢《あふ》れていて、強引に手で拭いた。

迷路の終点がやっと見えてきて、アネスティリアは駆け抜けた。

淑女のしていいことではないけれど、今だけは走っていたい。

アネスティリアが間違えられたというその人はどんな人なのだろうか。

この恋は叶《かな》わない。

かなうわけがないのだ。祖父の養子に入ったとはいえアネスティリアは結局は貴族社会から受け入れらておらず、実質は平民と変わりない。

この恋は、叶わない。

この恋は、叶わないのだ！

（だけど、そう。堪えないと）

好きな人が自分を好きになってくれないからといって、嫌いになったり、憎む道理はない。

ただ、好きなままでいいじゃないか。

でも、心はこんなにも痛い。

知らなかった、悲しいと本当に胸が痛くなるのだ。

ぎゅうっと心臓を何か、神の手のようなものに握りつぶされようとしているような気がした。

だけど、それでも、愛する人に誰かほかに愛する人がいるというのなら、応援するしかないじゃないか。

ラヴィーネの正体がラザフォードだと知ったあの時の言葉に嘘はないはず。

愛しているなら貫くべきだ。そして貫かせてあげるべきなのだ。

ラザフォードを好きなら、彼の幸せごと愛そう。

ラザフォードがこの迷路で口づけたどこかの誰かを愛しているというのなら、その愛ごと愛するのだ。

（いや！）

涙が頬を伝っていく。

（いや！）

抑えなければ、ラザフォードの幸福の形がアネスティリアでなくとも、アネスティリアの幸福の形をラザフォードにすることはできる。

（いや！）

違う、愛しているなら貫かなければ。

そうだ、母は愛を貫いた。貴族の生活を捨てて、平民になった。愛のために身分を捨てたのだ。それこそが、愛の証《あか》し。

アネスティリアの愛の証しは、ラザフォードの幸福であるべきなのだ。

涙を袖で強引に拭った。

「アーネ！」

後ろから手をつかまれアネスティリアは振り向いた。

とびっきりの笑顔で。

「っ迷路、攻略成功しました！　やりましたよ！」

「……ああ、その」

ラザフォードにしては歯切れの悪い様子にアネスティリアは軽く腕を組んだ。

「今回だけ、許してあげます。でも、次は母直伝の箒《ほうき》攻撃ですからね！」

ちょっと可愛い子ぶってしまったのはご愛敬《あいきょう》だ。

「本当に悪かった」

「だからいいですって。迷路、とっても楽しかったです。でもそろそろお城に帰りましょうか」

「……そうだな」

（泣き顔はもう見せない、絶対に）

アネスティリアはアネスティリアの愛を貫かなければならないのだから。

第四章

翌日、いつものように授業の後にラビィーネの居室に来なかったので、ラザフォードはアネスティリアを探して廊下を歩いていた。

あのときは怖くて許したふりをしたが、本当は、嫌いになった。二度と会いたくないと言われたらどうしようか。そうしてアネスティリアはこのままラザフォードと話すこともないまま、あのくだらない婚約者と結婚してしまうのだ。

ふと、思った。

アネスティリアは婚約者を嫌いながらも、父の療養費のため結婚を受け入れている。

どうせ嫌いな男と結婚するのならば、相手は別にラザフォードでもいいのでは？

権力から離れて久しいハッシュフォード伯爵がどんな抗議をしてこようとも、ラザフォードは公爵だ。文句は言わせない。それにあの婚約者だってひねり潰すのは簡単だ。

嫌がろうと結婚さえしてしまえばこちらのもの……。

（待て待て待て）

思考がまともでない方向に行こうとしており、ラザフォードは頭を振った。

己のためだけに権力を使って、嫌がるアネスティリアを手に入れようだなんてどうかしている。

まずは誠心誠意謝ることから初めて、それで、アネスティリアに好きだと告げるのだ。

そう、今の考えは最終手段で今すぐどうこうしようなどと……。

廊下を曲がってすぐ、ラザフォードは近くにある庭の池でアネスティリアを見つけた。何をしているのか、お仕着せの裾を限界ギリギリまで左手で持ち上げ、右手で池を探っている。

「アネス……」

声を掛けようとしたときだった。

「君はこんなところで何をしているんだい？」

アネスティリアの前に立ったのはレオリードで、ラザフォードは何故かとっさに隠れた。

ラビィーネの言う、アネスティリアの運命の男。普段は忙しいくせに何かに導かれたようにこの場所に表れたのだ。

アネスティリアが顔を上げた。髪が邪魔だったのだろう、頬にかかった髪を耳に掛けたせいで池の泥が顔に付いた。

「お騒がせをしてすみません。えっと……その、私、誤って教科書を池に落としてしまって……」

（教科書？）

アネスティリアがぎこちない笑顔で微笑んでいる。

それで理解した。アネスティリアはラザフォードを避けたわけではなく、誰かに教科書を池に投げ入れられて、拾いに行っていたのだ。

ついに陰口にあきたらずここまでされるようになったのだ。

腸が煮えくりかえる。犯人はどこのどいつだ。

「大変だね。とりあえず新しく買うことにして、諦めて池から出たらどうだい？」

レオリードにしては優しい助言にしかし、アネスティリアは首を横に振った。

「ご親切にありがとうございます。でも、まだ使えると思いますので」

アネスティリアは微笑み、一冊目を拾った。

教科書は当然びしょ濡れで、乾いたところで再び読めるのか疑問だった。

「そう。次の鐘が鳴るまでしかいられないけれど手伝うよ」

レオリードはアネスティリアの拒絶を聞くことなく、そのまま裸足《はだし》になり服の裾を上げると、池に自ら入っていった。

「いえ、そんなっ！」

そうして両手を池に突っ込む。

それは、ずっとラザフォードが見知ってきたレオリードにはありえない行動だった。

あの貴公子のふりは得意だが、実際には優しくないレオリードが、誰かのためにここまでするとは。

ラザフォードが知っているレオリードならば、体裁を保つため新しい教科書を送るよう小間使いに指示するだけのはずなのに。

「すみません、ありがとうございます」

アネスティリアが大輪の笑顔をレオリードに向けた。

そして、ざばざば、じゃぶじゃぶと二人して教科書を拾っていき、アネスティリアが拾った教科書を池の端に持って行こうとして、泥に足を取られたのか体勢を後ろに崩した。

「あっ」

「おっと」

次の瞬間、アネスティリアはレオリードに抱き留められていた。

そうして二人は見つめ合う。

それはあまりにも完成された姿だった。

やはり、アネスティリアがレオリードの運命の人なのか。

（それに比べて俺は女の恰好をして、こそこそ隠れて見ているだけ……）

「すみません、ただでさえご迷惑をおかけしているのに」

「気にしないで。僕が持つよ」

レオリードはにっこりと微笑んでアネスティリアから教科書を取り上げた。

「すみません」

「すみませんじゃなくてありがとうの方が嬉しいな」

「ありがとうございます！」

アネスティリアの表情はラザフォードが見たことがないほどに嬉しそうだった。

そうして二人は何やら話しこんでいく。

その声はあまり良く聞こえない。だが、二人はこの短時間で親密になっているように見えた。

見つめ合ったまま、目をそらさない。

そうして、レオリードが一歩、アネスティリアに近づいたとき……

「アネスティリアっ！」

ラザフォードは飛び出した。

「ラビィーネ様！」

ばっ、とアネスティリアは笑顔のままレオリードから離れた。

ラザフォードと違って後ろめたいことなど何もない屈託のない笑顔。

「やあ、ラビィーネ」

「っ、こんにちは皇太子殿下」

ラザフォードは令嬢の仕草で頭を下げた。だが完璧なはずの仕草が崩れた気がした。

「こっ！　こっ！」

やはり知らなかったらしいアネスティリアが悲鳴を上げそうになりながらも、堪えている。

口を手で覆ったので泥がまた顔に付いてしまった。

「すみません、私っ！」

慌てて謝罪するアネスティリアを背に、時刻を知らせる鐘が鳴り出した。

「気にしないで、名乗らなかったのは僕だ。池に入るなんて子供のころ以来で、正直に言うと、楽しかったよ。君には災難だっただろうがね」

「いえ、そんな！　お優しくしていただけてとても嬉しかったです！」

あれだけ教えた礼儀はどこに行ったというくらいに元気いっぱい、まぶしいくらいの全開の笑みを浮かべたアネスティリアに、レオリードが釣られて笑った。

そうして二人して池を出てくる。先に池を出たレオリードがアネスティリアに手を差し出し、段差を上がるのを支えた。

ラザフォードはその光景を見るしかできなかった。

何故なら、ラザフォードは脇役だから。

物語から出て来たようないや物語そのものの美しい光景。運命の二人の出会い。

頬に付いた泥すら、ラザフォードが毎朝施している化粧よりもアネスティリアを美しく見せている。

「失礼」

レオリードが懐からハンカチを取り出し、アネスティリアの頬を拭いていく。

まるで口づける前のような近さで、ラザフォードに見せつけるように。

「すみません、ハンカチに泥が」

「ハンカチは汚れを拭くためにあるものだよ」

「本当にありがとうございました」

「君、名前は?」

「アネスティリア・ハッシュフォードと申します」

今度は教えたとおり完璧な仕草でアネスティリアは名乗った。

スカートは結局、池の水で裾が少し濡れていて、それどころか顔もまだ少し汚れていて、それなのに、今まで見たなかで一番美しい微笑みで、一番美しい姿勢で、スカートを広げ頭を下げた。

(ああ、この子が好きだ。たまらなく、好きだ)

「覚えておくよ。またね」

レオリードが去って行く後ろ姿をアネスティリアは完璧な仕草で見守り続けた。

そして、レオリードがいなくなるとすぐぴょんと、ラザフォードに向き直った。

「すっっごく、素敵な方ですね!」

アネスティリアの頬は上気して、花がほころんだように笑っている。

アネスティリアは、あの、あれだけのことで、レオリードに惚《ほ》れたのだろうか。

(俺の方がずっとアネスティリアを支えてきたのに)

「あの、ラビィーネ様? どうなさいましたか? ご体調が悪いんですか?」

黙り込むラザフォードを心配そうにのぞき込んでくる、この、どこまでも純粋なアネスティリアを泣かせたいという考えが過ぎった。

絶対にレオリードには渡したくない。

そうだ、愛は貫かなければ愛ではないと言ったのはアネスティリアではないか。

ここがいつ誰が来るかわからない庭で、ラザフォードは女装しているが、そんなことはどうでもいい。

衝動に任せてアネスティリアの唇を奪おうと顔を近づけた。

「いやっ！」

渾身《こんしん》の力で押され、ラザフォードが体勢を崩すと、混乱し、泣きそうになっているアネスティリアがすぐさま駆け出した。

（焦るべきではなかった……！）

混乱したアネスティリアの顔を見て、アネスティリアに嫌われるのだという腹の底から冷えるような恐怖とそれでもどうしても手に入れたいという激情が渦巻く。

こうなったら、アネスティリアを見つけ次第、迅速に居室に連れ込んで、思い知らせよう。お前が無防備で無邪気に懐《なつ》いていた相手は男だと。

きっと、目を見開いて怯《おび》え、逃げようとするだろうが、男の力に叶うわけがない。

アネスティリアは逃げられないまま、ラザフォードの舌を噛むなんて考えもしない。

だから、舌を無理矢理絡めて、たっぷりと唾液をすする。昨夜のように途中でやめたりしない。

呼吸がうまくできず、くたりとアネスティリアの体から力が抜け次第、横抱きにして、寝室に攫《さら》うのだ。そうして、混乱しているアネスティリアをベッドに投げすぐさま覆《おお》い被さり、お仕着せの襟を掴んで一気に破る。

嫌がってもやめてやらずに、無理矢理に抱いて。

今よりもっと嫌われてもかまわない。彼女が手に入るのならば。

ラザフォードが静かに、だが狂気をもって錯乱している時だった。

「いい気味だな、ラザフォード」

ラザフォードは後ろから声をかけられて振り向いた。

「……レオリード」

去るふりをして、今度はレオリードが隠れていたのだ。

「そうか、ラザフォード。お前、あの娘に惚れているのか」

ニヤニヤと嫌な笑みを浮かべるレオリードにラザフォードは舌打ちをした。

「ラビィーネの予言によると、俺とともにラビィーネを殺す運命の女性は、赤い髪をした、貴族で平民の心根の美しい女性だそうだ。なるほど、ハッシュフォード伯爵令嬢。彼女のことだったんだな」

レオリードはふっと悲嘆を目に映し、視線を遠くに送った。

ラビィーネのいる修女院の方向だが、もちろん、見えはしない。

そうしてレオリードは目を伏せ、開けたときには悲しみを抑え込んでいた。

「ラビィーネが手に入らないのなら、あの子にしようか」

レオリードは笑った。酷薄に。

昔はこんな笑い方をする奴ではなかった。

ラビィーネといつも一緒にいることを僻《ひが》まれ、少々、かなり、ラザフォードに対しては意地の悪いところはあったが、ラザフォードもやり返していたし、子供の悪戯の範囲。

だが、それをラザフォードとラビィーネが変えてしまったのだ。

(あのころにはもう戻れないし、戻らない)

「レオリード、お前には、アネスティリアもラビィーネもやらない。お前がアネスティリアを助けたのはただの気まぐれだろう？」

「体が勝手に動いた。昔、ラビィーネがあの池に熊のぬいぐるみを落として二人で池に入ったんだ。だから、ラビィーネと彼女が重なって見えた。それで……」

ラザフォードはアネスティリアを愛したことで、今やっとレオリードの心の痛みを理解できた。

「お前は永遠にラビィーネに惚れ続けていればいい。俺は俺の愛を貫く、それだけだ」

アネスティリアが手に入るなら嫌われてもいいと覚悟を決め、ラザフォードはアネスティリアを追いかけるため駆け出した。

レオリードが一人、愛を貫くと呟いたのも知らずに。

◇◇◇

アネスティリアはまた走っていた。

一刻も早く、ラザフォードから離れたかったのだ。

でないと罵って、私はあなたが好きなのにひどいと叫んでしまいそうだったから。

ラザフォードはさっき、アネスティリアに再び口づけようとしていた。

(また誰かと間違えたの？　あの状況で誰と間違えるというの。彼女は私に似ているの？)

苦しくて、アネスティリアが間違えられたどこかの誰かが憎くて、悲しい。

涙があふれて俯いて駆けていたアネスティリアは角で誰かとぶつかった。

「きゃっ」

「痛いな。全く、どこの娘だ。この僕を誰だと」

「すみませ……」

顔を上げた先にいたのは図書室でよく会っていたジュゼットだった。

彼はぶつかられて不機嫌になっていたはずなのに、アネスティリアの顔をみて、優しそうに微笑んだ。

「黒鳥ちゃんじゃないか！」

「ジュゼット殿下、ぶつかってしまい、申し訳ございません」

アネスティリアがラザフォードに習った仕草で謝罪すると、背中を撫でられた。

「むしろこんな可愛い子が飛び込んできてくれて幸運だよ。頭を上げて、何かあったのかい？」

優しく質問されたものの、こんなことを言っていいのかわからず、アネスティリアは嘘をついた。

「すみません、実は私最近母を亡くしたばっかりで、ちょっと思い出しちゃって……」

アネスティリアは咄嗟の言い訳にした亡き母に心の中で謝罪した。

「わかるよ、私もティアリアが若くして亡くなったと聞いたときは悲しかった」

ジュゼットが母を知っていたことにアネスティリアは驚いた。

かつて社交界の黒真珠と言われていたというのはあながち嘘ではないのかもしれない。

「でも、本当は母君のことだけじゃないんだろう?」

「いえ……」

アネスティリアは一歩下がって首を横に振った。

だが、その一歩をジュゼットは詰めてきた。

「苛められているんだろう? イライアス公爵令嬢に。可哀想に、酷い恰好をしている」

その言葉でアネスティリアは自分の状態を鑑みた。

池から出たときからずっと裸足のままで、お仕着せは濡れていて、そうだ、顔に泥も付いているかもしれない。

「あの、これは違うんです」

「大丈夫、この私が必ずあの女を排除してあげるからね」

「いえ、違うんです、そうじゃなくて……」

アネスティリアは慌てて首を横に振った。

幾ら公爵令嬢とはいえ、王弟に目をつけられたら大変なことになる。

「私はただ、君を護りたいだけなんだよ」

「……護りたい」

「そう、護りたいんだ」

ジュゼットがアネスティリアの手に触れ、両手でぎゅっと握ってきた。

「あの……どうして私なんかのことをそこまで考えてくださるんですか？」

父母とほど近い年齢の人だ。娘のように思われているという返事をアネスティリアは望んでいた。

握られた手に性的なものを感じてしまうのは、馬鹿な勘違いだと。

ジュゼットがどこかわざとらしくふっと笑った。

「君が黒鳥のようだから、かな？」

「黒鳥、鴉《からす》のことですよね？」

よくわからず小首を傾げる。いつも黒鳥と呼ばれていたが、アネスティリアは黒い鳥など鴉しか知らない。

「黒色の羽をした美しい白鳥のことだよ」

「白鳥なのに黒いんですか？」

アネスティリアの知っている白鳥は真っ白とは言いがたい黄味《きみ》がかかった白い羽をした鳥だった。

「そう。真っ黒でとても美しいんだよ。婿入りした先の国での鳥でね。祖国を遠く離された私の心を癒してくれる存在だった。白鳥はね、優雅に美しく池に浮かんでいるけれど、水面下では必死に足掻《あが》いているんだ。だから初めて君を見たとき、黒鳥のように思えたんだよ」

ジュゼットに初めて会ったとき、アネスティリアは一人で必死に勉強していた。

そういえば、その様子を見かけて声を掛けてもらったのだった。

「そんな素敵な鳥の名前で呼んでいただけるなんて光栄です」

アネスティリアは考えた。

いっそ、ダンス試験のときに相手役になって欲しいと頼んでしまおうかと。

だって無理だ。

あんなことをされてラザフォードのことをもう信じられない。

(信じられない？)

違う、信じられないのは自分だ。

ラザフォードに恋をして、口づけは本当はもっとしてほしいとすら思ってしまった。

いずれ、祖父が決めた人に嫁ぐのだと、覚悟していたのに今は絶対に嫌だ、気持ち悪いと思っている。

ラザフォードに出会わなければ受け入れていた未来だったのに。こんなにも苦しい。

いっそ、もうラザフォードには会わない方が良いのだろうか。

少なくとも、心の平穏は取り戻せるのではなかろうか。儀式が終わった後も親しくしてもらえたとしても、私は好きでもない男と結婚しているのに激烈に嫉妬して、憎んで、何をしでかすかわからない。

それならば、ラザフォード以外の人と、今、目の前にいるジュゼットに頼んで試験の日、一緒に踊ってもらいラザフォードとの関係を完全に断ってしまったほうが……。

ジュゼットはダンスを厳しく訓練されてきたはずの王弟だ。

アネスティリアがどんなに下手くそでも、きっとラザフォードのように、立て直してくれるだろう。

(だから、ラザフォード様とはもう踊れない……)

止まっていた涙がまたこぼれた。

だって、楽しみにしていたのだ、ラザフォードと踊る日を。

二人ともお仕着せを着て、女同士のふりをする。それでも、きっとみんなラザフォードに見惚れて、誰よりも目立つのだ。

だから、アネスティリアも彼にふさわしくないと言われないよう練習に励んでいたのに。

夢の終わりに、アネスティリアは口を開いた。

「あの……、試験の日なんですが……」

「うん」

ジュゼットが笑みを深めた。

背中に手が回る。

(抱きしめられそう……)

「アネスティリアッ!」

後ろから手を捕まれ、振り向くといまだラビィーネの恰好をしたままのラザフォードがいた。

今度は前から引き寄せられ、振り返るとジュゼットが険しい顔をしている。

「無礼な！　この私が話しているというのに！」

いつも穏やかなジュゼットには似つかわしくない口調だ。いや、ジュゼットはアネスティリアには優しいが、他の人には冷たいと感じることが多々あった。

「大変申し訳ございませんわ、殿下。ですが、アネスティリアはこれからわたくしとダンスのレッスンがございますの。失礼」

「あっ」

一気に言い切ったラザフォードに強く引っ張られ、アネスティリアは足を動かした。

「待て！　私に対する無礼な態度、兄上に罰してもらうぞ！」

「どうぞお待ちしておりますわ。この国にいらっしゃらないはずの殿下に対して、わたくしがどんな無礼を働いたことになるのか気になりますもの」

「このっ！」

激怒しているジュゼットとにっこりと美しく、それでいて憤怒しているような雰囲気がするラザフォード。

アネスティリアは戸惑うしかできない間にどんどん引っ張られ、ジュゼットを何度も振り向きながらラザフォードに連れ戻されたのだった。

「ラザフォード様！　ジュゼット殿下になんて失礼なことを……！」

「きゃっ！」

礼節を教えてくれているラザフォードに相応しくない態度に、アネスティリアが居室に入ってすぐ抗議をすると強く抱きしめられた。

「俺が嫌いになったか？」

「そんなわけ……！」

何を言い出すのかと思うと、ラザフォードが手を離した。乱れた髪を何度も後ろに撫でつけながら大きく息を吸って落ち着こうとしているその姿はラザフォードに似つかわしくない。

もう何度も訪ねたラビィーネに割り振られた広い居室で、アネスティリアもまた落ち着かなかった。

「そこ、座れ」

指さされたソファに腰掛けるのがためらわれアネスティリアは首を横に振った。

「でも、私は濡れていますし」

「座れ」

尚も、ソファに腰掛けるよう促され、しぶしぶ座ると、向かい側に座ると思っていたラザフォードはしかし、濡らしたハンカチを持って近づいてきた。

そして、ハンカチでアネスティリアの顔と手を拭き取った後、足を拭きだしたのだ。

「あの、自分でやりますから……」

足を引っ込めようとするも、捕まってしまう。

「エリザさんは？」

エリザならば主人が跪《ひざまず》くような状況を止めてくれるのではと周囲を見渡すが、いない。

「ここ最近ずっと働いてもらっていたから休ませている」

跪いているラザフォードの膝の上に足を乗せさせられ、とてもではないが落ち着いていられない。

しかし、彼は有無を言わさない力でアネスティリアの汚れた足を拭いていく。

ラザフォードはアネスティリアの目を見た。

視線が絡み、見つめ合う。

「アネスティリアが好きだ」

「……え？」

その好きはどの好きだろうか。朋輩として？　できの悪い友として？　それとも女性として？　期待と不安が入り乱れ、それでもやはり期待して、アネスティリアは息を呑んだ。

「好きだよ、アネスティリア。レオリードには、いや誰にも取られたくない。好きなんだ、アネスティリア」

「待って、待ってください」

一旦これが現実かと考える時間が欲しいのに、ラザフォードは手を離してくれなかった。それどころか足を掴む手の力はこれまでなかったほど強くどこか危ういものを感じる。

「待たない。好きだ、アネスティリア。だから、逃がさない」

「逃がさないって何を仰って……」

「アーネ、好きだ。だから、レオリードを選ぶな。ジュゼットも選ぶな。俺を好きになってくれ。嫌だというのなら俺は」

期待しすぎて、苦しくて、アネスティリアはラザフォードの言葉を遮った。

「でも、ラザフォード様には恋人がいらっしゃるんでしょう？」

「何の話だ」

「とぼけないでください！　迷路で私に口づけられたとき、間違えたとおっしゃったじゃないですか！」

アネスティリアはかっとなって叫んだ。

「違う、そうじゃない。あれは順序を間違えたと言いたかったんだ」

「順序？」

「好きだ、アーネ。好きだよ。本当はあのとき先にそう伝えなければいけなかったのに、衝動的に口づけてしまったから」

アネスティリアはその瞬間、衝動的にラザフォードに飛びついた。

「叶わない恋だけど、ラザフォード様の幸せを応援しようと、覚悟を決めていたのに。こんなの……」

「ほんとうに？」

少し顔を離して見つめるとラザフォードの瞳は夢見るようにとろけていた。

「好きです、ラザフォード様」

ラザフォードの肩に頭を乗せると泣けてきて、アネスティリアは遠慮なくラザフォードのお仕着せを濡らした。

頭を撫でる大きな手。やはり男の人なのだ。

ラザフォードがアネスティリアの肩に大きな手を置き、剥がしてきた。

むっとする暇はなかった。

涙でべしょべしょのアネスティリアの頬にラザフォードの唇が乗り、涙を吸われる。

「あ……」

反対の方も吸われ、ようやっと唇が重なり、離れた。

抱き上げられ、ラザフォードの首の後ろに両手を回す。

どこかに運ばれている自覚はあった。

だが、ベッドに下ろされてやっと、アネスティリアは初めて入るラザフォードの寝室に連れて行かれたのだと気付いた。

「え、あ……、ちょっと待ってください！　そんな、だって、え？」

先ほどまでうっとりしていたアネスティリアは突然の貞操の危機に気付き、両手を突っぱねた。

（あまりにも迅速すぎる！）

「待たない。アーネを今すぐにでも俺のものにしたい」

首に巻いた大きなリボンをほどきながらベッドに乗ってきたラザフォードはどこまでも男だった。

大きな喉仏が、ごくりと唾を飲んだのだろう、動いた。

そうして、お仕着せに手をかけられ、アネスティリアはその手を上から握った。

「駄目です。駄目。私、婚約者がいるので！」

「アーネを誰にも渡さないと言ったろう？」

ラザフォードが思いっきり眉を顰め、俯こうとしたアネスティリアの顔を上げ、口づけた。

ラザフォードの舌に唇をつつかれ、アネスティリアがうっすらと唇を開けると、舌が入り込んできた。

「ン‼」

されるがままに、口内をくすぐられた後、唇が離れた。

アネスティリアが呼吸を整えていると、ラザフォードが頭を撫でてきた。

「他の男とこんなことをさせるものか」

そうして再び押し倒された。

「アネスティリア、アーネ。お前は今から俺に無理矢理犯されるんだ。拒絶しても男には叶わず、力尽くで着ているものをすべて脱がされ、全身をくまなく視姦され、舐められて、泣いていやがって抵抗したものの貞操を失い、商人とやらとは結婚できなくなる。だから、ハッシュフォード伯爵との約束を守れなくなるのはアーネのせいじゃない、全部俺のせいだ」

ラザフォードはそう言うと、今度こそアーネのお仕着せのボタンを外していった。

「ら、ラザフォード様、私……」

ラザフォードの言葉をまざまざと想像し、声が震えたのは怯えからではなかった。

「アネスティリア、黙って」

アネスティリアは口をつぐんだ。

お仕着せも肌着も全て脱がされ、下着だけの姿だ。

前にもラザフォードの前でお仕着せを脱いだことがある。

あのときは全く意識していなかったが、今は違う。

欲望をともなった熱い瞳で見つめられ、アネスティリアの理性は簡単に溶けた。

「あっ」

下着越しでもわかる熱い手に胸の形を確かめるように揉まれ、ラザフォードの秀麗な顔が近づいてきた。

口づけをされるのだと思いそっと目を閉じると、ラザフォードの唇は首筋に乗った。

「ひゃっ！」

舐め上げられ、予想外のできごとにアネスティリアは目を見開いた。

「可愛い」

耳に息を吹きかけられ、ぴくぴくと小さく体がしなる。

ラザフォードの手が性急にアネスティリアの下着をむしろうと手を掛けてきた。

「待って……」

アネスティリアはラザフォードの手に手を重ねた。

「待たない」

「待って、お願い」

空いた手でアネスティリアは自分で下着に手をかけた。やっぱり恥ずかしくて、顔は背けてしまったが、それでも自分で全て脱いだ。

「ラザフォード様にだけ責任を押しつける気はありません」

手で胸を隠し、アネスティリアは視線だけラザフォードに戻した。

本当はラザフォードの言うとおりにいくか不安だった。

それでも、もしも上手くいかなかったとしても、初めての相手はラザフォードがいい。祖父に決められたあの婚約者と結婚する日が来て、非処女だということを理由に虐げられる日が来たとしても、絶対に後悔しない。

ラザフォードは目を見開いてアネスティリアの体を見ていた。

「アーネ、手を外して」

「でも……」

「手を外すんだ。合意なんだろう？」

アネスティリアはゆっくりと胸から手を外した。

「あ……」

ラザフォードの視線が痛いくらい小さな胸に向かっているのを感じ、恥ずかしくて頬に熱が集まっていく感覚がした。

まるで壊れ物に触れるかのようにラザフォードの手が胸に乗った。

アネスティリアはラザフォードの顔を見られなくなりぎゅっと目をつぶった。

「アーネ、嫌なら……」

「嫌じゃないです、恥ずかしいだけ。だから止めないで……」

「ああ、止めない。嫌なら無理矢理にでもするって言おうとしただけだ」

無理強いをすると言いながらもその声は甘さを孕《はら》んでいて、鼻の先にちゅっと口づけられ、アネスティリアは目を開けた。

「次は私、どうしたらいいですか？」

アネスティリアの質問にラザフォードはくすりと笑った。

「そうだな……、例えば痛かったら痛いって、抱いた感覚を我慢せずに全部教えるって約束できるか？」

「はい」

ラザフォードの言葉にアネスティリアは真剣に頷いた。

処女喪失は痛いと聞くので、ラザフォードは気を遣ってくれようとしているのだと思った。

ラザフォードの指がアネスティリアの胸の形を確認するかのごとく優しく撫でてきた。

「んっ」

指でなぞられた胸の先を見ると、小さくぷっくりとたっている。普段はこんな風では無かったはずだ。

そこをラザフォードが指で摘まんでしまった。

「ひやぁ！」

「痛かった？」

「いえ、痛くはないです……」

「じゃあこれは」

ラザフォードの顔が胸元に近づき、舌で舐め上げられる。

「あっん……」

そしてこんどはちゅっと吸い上げられ、ぴくりと腰が跳ねた。

「アネスティリア、どう感じた？」

「どうって……」

そんなこと恥ずかしくて言いたくないのにラザフォードの指がまたアネスティリアの胸の先を摘まんだ。

「あっ！」

「全部教える約束だろう？」

ラザフォードが意地悪そうに笑っていた。

「それって……」

痛いかどうかだけではない約束だったのだと気付いたころにはアネスティリアの唇は開いていた。

「腰が、ぞわぞわってしまいました。でも、嫌じゃなくて、もっと……」

「もっとして欲しい？」

アネスティリアはコクリと頷いた。

「それで、触ってもらっていない方も、触って欲しくなりました」

先ほどから触れられていない方の胸の先がじんじんしているのだ。この熱はラザフォードに触れられないと収まりそうにない。

ちらりとラザフォードの顔を見ると、舌打ちされた。

何か間違えたのかという一瞬の不安。

「可愛すぎるのも考え物だな。余裕のある男のふりができなくなる」

「ああっ！」

ラザフォードに触れられるのを待っていた方を強く吸われ、反対の胸は指で弄《いじ》られて、アネスティリアの腰は何度も何度も跳ねた。

「あんっ、ん！」

「アーネっ」

体を起こしたラザフォードの唇が重なり、アネスティリアはラザフォードにされたように今度は自分から舌を差し込んだ。

すると舌が絡み、吸われ、離れた。

アネスティリアはラザフォードのお仕着せに手を這わせ、ボタンを外していった。

胸用の詰め物が入れられたコルセットの下に筋肉があって、倒錯的な男の肉体美がそこにはあった。

「あまり見るな」

ラザフォードには不本意な姿のようで、顔をしかめながら背中に手を掛けるも、コルセットはなかなか脱ぎづらいようだ。

だからアネスティリアはラザフォードの背中に手を這わせ、外すのを手伝った。

これからラザフォードに抱かれるために外すのだと思うと、耳にまで熱がこもっている自覚はあったが、それでもやめなかった。

そうしてラザフォードの上半身が露《あら》わになっていく。

鍛えているのだろう、綺麗に割れた腹筋にアネスティリアの視線は吸い寄せられた。

そっと触れるとやはり硬かった。

「男の人、なんですね」

「まだ言うか。それなら、今から俺が男だと思い知らせてやる」

「よろしく、お願いします」

「っ！　ああ、全く！」

同意は不要だったようで、ラザフォードは長い髪をかき上げ、アネスティリアを押し倒して、ベッドの端に移動したかと思うと両足をそれぞれの手で掴んだ。

「やっ‼」

強引に足を開かされ、アネスティリアはこれでラザフォードに見せていない部分がなくなった。

「アーネは、こんなところまで可愛いんだな」

「い、言わないでください」

アネスティリアは羞恥に襲われていたが、ラザフォードとの行為が合意である以上、足を閉じてはいけないと、手で顔を覆い力を抜いた。

「ん？　あっ」

濡れたなにかが当たった感覚がして、アネスティリアが手を外すと、予想通り、ラザフォードがその場所を舐めていた。

「だめっ」

駄目だ、そこは汚いとラザフォードの頭を押して辞めさせようとするも、びくともしない。

そうしているうちに、ラザフォードの舌が、アネスティリアの隠れていた小さな尖りにちょんと触れた。

「あっ」

それだけで、ピクっと腰が震え、これから何をされるのか、恐怖ではなく、期待で胸が高鳴った。

「あっ　あんんっ！　やっ、だめぇ」

尖りの上部にラザフォードの指が触れ、押された感覚がして、強く舐められる。

強烈な快楽にアネスティリアは頭を振った。

「ああっ、ラザ……ああっ！」

関係のないはずの腹の奥がなんだか熱くて、うずいている気がする。

「らざ、ふぉーどさま、まっ、ああ！」

ラザフォードは返事もしてくれず、アネスティリアを乱していく。

「ああ！」

アネスティリアが体を仰《の》け反《ぞ》らせて、声を上げるほど、ラザフォードの行為は深みを増していくような気がする。

「待って、何か、まって、ああっ‼」

頭の裏が真っ白になる感覚がして、アネスティリアはビクビクと体をしならせた。

ピチャ、と音がした。

「ふえ」

ラザフォードの舌が、今度はまだ固く閉じた割れ目に触れたのだ。

「よく濡れている、偉いな」

「はい」

アネスティリアは羞恥から拒絶したりせず、素直に褒め言葉を受け取った。

そうした方が、ラザフォードがもっと気持ちよくしてくれるのではと思ったからだ。

「そのまま力を抜いていてくれ」

「っ！」

だが、ラザフォードの指が少しはいってきて、アネスティリアは違和感に呻《うめ》いた。

「ごめんな。でも、力を抜いて」

頭を撫でられ、アネスティリアは頷き、ふっと息を吐く。

体を起こしたラザフォードにずっと放置されていた胸を舐められ、意識をそちらに集中させた。

「あっ」

胸の先をチュッと強く吸われ、ぴくんと感じる。それに合わせ、入れられたラザフォードの指が少し深くなった。

「痛くないか？」

こくりと頷くと、ラザフォードの指が探るように動き、小さな抜き差しを始めた。

「は……あ」

体の持ち主であるアネスティリアが知らない場所がちゅくちゅくと音を立てている。

自分の体が変わっていこうとしているように思えた。ラザフォードに変えられてしまうのだ。もう戻れないし戻りたくない。

「アーネ、アネスティリア、俺のアーネ」

「ラザフォード様の、わたし」

「そうだよ、可愛い俺の恋人」

アネスティリアはまとまらない頭で、それでいて納得した。

なんて素晴らしい響きなのだろうか。

愛されるという幸福にアネスティリアはどっぷりと浸った。

「ラザフォード様、大好き」

アネスティリアの全身から力が抜けたのと、ラザフォードが指を深くまで入れたのは同時だった。

「あっ！」

痛みは少なかった。

ラザフォードの指がアネスティリアの中でうごめいて、広げていく。

「あん、あっ」

親指で先ほど舐めてくれた尖りをぐりぐりと押され、アネスティリアは簡単に再び上り詰めていく。

「あああぁっ！」

そうして、アネスティリアは忘我の彼方《かなた》へと追いやられたのだった。

「はぁ」

一息ついている間にもラザフォードの指は蠢《うごめ》き、アネスティリアにとっても未知である場所を開拓していく。

「！」

そのとき、アネスティリアは目を見開いた。

ラザフォードの指が円を描いてぐるりと動いた先、今までと違う感覚に襲われたからだ。

そうして、その場所をぐりぐりと刺激される。

「ひやぁ、だめっ！　それ、だめっ」

「何が駄目なんだ？　俺の目にはアネスティリアが感じて気持ちよさそうにしているようにしか見えないけれど」

ラザフォードは愉悦を含んだ声で、墜《お》ちておいでと誘う悪魔のように囁《ささや》いてきた。

「強いの……強い」

「気持ちよすぎて辛い？」

ラザフォードの言葉にアネスティリアはうんうんと頷いた。

「ならもっと感じて」

「ああ！」

そう言うと、更にその場所を責め立てられ、アネスティリアは身も世もなく乱れた。

逃げようとして浮いた腰にラザフォードの空いた手が回り、がっちりと捕まえられる。

「あっ、だめ、だめぇ、ああっ！　んん……」

そうして、アネスティリアはさきほどとは比べものにならない、果てを知った。

頭が、ぼーっとする。

荒い息はしているし、意識もあるはずなのに、よく考えられず、口からはただ、喘ぎ声だけが出ていた。

「あんっ、あんん」

くちゅくちゅと音がする。びくびくと体が勝手に小さく揺れる。

気がつけばラザフォードの指が増えていて、アネスティリアの中をいっぱいいっぱいに広げながら、舌で胸を舐められていた。

「あっ！　ラザ、ラザフォード様」

「んー？」

聞いたことがないほど、甘やかな声。アネスティリアのためだけにある声だ。

（一生、私以外には、誰にも聞かせないで欲しい）

そう思った。

さっき、もしもこの恋が上手くいかずに例の商人に嫁ぐことになったとしても悔いは無いと覚悟を決めたはずなのに、そんなことになれば死んでしまいたいとまで思ってしまう。

「アーネ、どうした？」

「っ、わたし……」

言っても良いだろうか。ずっと傍にいて、絶対に離さないでと。

言えば叶えて欲しくなるし、叶わなければ、ラザフォードのことを恨みすらしてしまいそうで。

「なにも、心配しなくて良い。言ったろう、アネスティリアは俺に犯されるのだと。いざとなれば権力で押し切る。おまえの婚約者の商人がたとえ善人だったとしても、取引先や役人に圧力を掛けて、なりふり構わず潰す」

ラザフォードの目は本気で、ひどいことを言っているというのにアネスティリアはぞくぞくと体を震わせた。

「アネスティリアを愛しているんだ。俺に、この愛を貫かせてくれ」

「はい」

アネスティリアはラザフォードの顔を両手で包み、顔を上げて口づけた。

鳥が啄《ついば》むような、細やかな口づけを何度もする。

そして、ラザフォードの唇は頬に、顎に、首に、谷間に、腹に落ちていく。

愛を全身に伝えてくれるかのような仕草にアネスティリアもまた愛を伝えたくなった。

「あっ、わたし、どうしたらラザフォード様を気持ちよくできますか？」

「アネスティリアが気持ちよさそうに喘いでいてくれたらそれだけで、満足している。こんなに可愛い汚れを知らない子が俺の手の中でだけ淫蕩《いんとう》に喘いでいるんだと思うと、たまらない」

そう言われ、己がどんなはしたない姿をラザフォードにさらしているのかと思うと、恥ずかしくてアネスティリアはぎゅっと体に力を入れた。

そのせいでまざまざと体内にラザフォードの指がはいっていることを感じてしまう。

この後、次に入るのはラザフォード自身だ。

そう気付いてラザフォードの股間を見ると、下着越しに大きく盛り上がっているのが見えた。

（入るかな……）

「悪いが、我慢する気はない」

アネスティリアはラザフォードの首の後ろに手を回した。

「全部、してください」

顔を上げ、ちゅっと口づける。

ともすれば怖じ気《おけ》づきそうな自分はいたが、それでもやっぱりラザフォードが好きで、もっとそばに来てほしかった。

「アーネっ」

アネスティリアの中から指が出ていく。そこがぽっかりと空いた気がしたがすぐに入り口にラザフォードのモノが当てられた。

「力を抜いて」

コクコクと頷き、アネスティリアはふー。と、息を吐いた。

「あっ！」

まずは切っ先が入ってきて、ちゅっと口づけられた。

大丈夫、痛くないと、微笑みかけると、またラザフォードは腰を進めた。

「んんっ！」

体に衝撃が走り、ぎゅっと力を入れてしまうと、ラザフォードが息を詰めた。

しっかりと解されていたはずなのにじんじんと痛み、涙目になったアネスティリアの目尻にラザフォードが口づけ、涙を吸う。

「ごめんなさい」

「背中に手を回して」

言われたとおり、アネスティリアはぎゅっとラザフォードにしがみついた。

「あっ！　あああっ！」

奥まで入ってくる。

ラザフォードの背中に爪を立てている自覚はあった。

「はあ」

ラザフォードがアネスティリアの上で息を吐いた。

「全部入りましたか？」

「ああ」

肯定しながらもラザフォードは目をそらした。なんだ、ラザフォードは意外とわかりやすいのだ。

「まだ、なんですね？」

「今日はもういい」

「よくないです。全部、ラザフォードさまのものにしてって言いました」

そう言ってアネスティリアは膝を立てて足を開いた。そしてラザフォードの背中から手を離しベッドへ落とす。

力を抜いてラザフォードを見上げた。

アネスティリアの頬は染まり、強請《ねだ》るように潤んだ瞳が、衝動のまま犯させようとラザフォードを無意識に誘っていた。

ラザフォードの手がアネスティリアの手に重なって、ベッドに縫い付けられた。

大きな影が覆い被さってくる。

「あとで泣き言を言ってももう聞いてやらないからなっ‼」

「あんっ！」

アネスティリアは仰け反った。

ラザフォードが大きく打ち付けてきたのだ。肌がぶつかる音がして、全部入ったのだと理解する。

未知の感覚に逃れようと身じろぐも、余計に体を腕に挟まれただけで動けなくなる。

空いた手で今度は後頭部を撫でられ、耳を指でなぞられる。

「あっあ」

耳を触れられただけで背筋がぞわぞわし身を縮めると、ラザフォードに胸を見せつけるような形になり、期待した通り舐めてくれた。

「あっ」

「可愛い」

それだけを言われ、また唇が合わさる。

当たり前のように舌を受け入れ、上顎をくすぐられると、なぜか下肢に力が入り、ラザフォードを受け入れている部分がうずく。

「ん……ん‼」

つながった部分の上を撫でられ、浮きそうになる手を押さえつけられ、逃げそうになる腰を追い立てるようにラザフォードが動き出して、アネスティリアは喘いだ。

「ああ、あっ、ああ！」

ただただされるがままに声を上げ、言葉にならない快楽を伝える。

「アーネ、俺のアネスティリア」

名前を呼ばれると嬉しくてアネスティリアはラザフォードの腰に足を絡めた。

「あ、好き、ラザフォード様、大好きっ！」

アネスティリアはラザフォードに翻弄される以外のことはもうできなかった。

◇◇◇

ラザフォードが果てると、アネスティリアは肩で息をしながらもすっかり、静かになっていた。

アネスティリアの目に入りかけている汗を指で拭うと、その手にすり寄られた。

（可愛い）

いつだって元気で、キャンキャンぴょんぴょんと跳ね回っている子犬のようなアネスティリアは今、男の欲望を下の口に咥《くわ》え込んだまま、ラザフォードの眼前に無防備に全てをさらけ出し妖艶な危うさを見せつけてくる。

くたりと力が抜けていて、ラザフォードを見つめる目は、まどろむようにとろんとしている。

染まる頬、ラザフォードに吸われすぎて更にぷっくりとした下唇、赤く色づいた胸の先もまた吸われ、舐められ、甘く噛まれたため存在を主張している。

その姿は扇情的で、甘やかで、愛《いと》おしくて。

むくむくと欲望が復活してくる感覚に、従うべきか、抗《あらが》うべきか。

（いやいやいや、流石に抗うべきに決まっているだろ）

初めてだったアネスティリアにこれ以上の無体は強いられない。

ラザフォードは名残惜しく感じながらアネスティリアから離れた。

唇に乗せるだけの口づけをし、起き上がると、アネスティリアの開いた足の間から、ラザフォードが放ったものが出てきていた。

「あ……」

ゴクリ、と唾を飲む。

避妊しなかったのは衝動込みのわざとだ。腹に子ができれば、アネスティリアが皇太子レオリードの妻に選ばれることは確実になくなるから。

婚約者選定の儀はもう両手で数えられるほどしか日数が残っていない。今日妊娠させていたとしても、腹が膨らむまでに迅速に結婚を強行できる。

とはいえ、一度では駄目かもしれない。もう一度……

（いやいやいやいや）

ラザフォードは首を横に振った。

だが、なかなかアネスティリアから目を離す気になれず、そうして唐突に気づいた。

なんだ、一目惚れ《ひとめぼ》だったんだ、と。

そうだ、初めて見たときからずっと、ラザフォードはアネスティリアのことが気になって仕方がなかった。

あんな素材を活《い》かすどころか殺すような恰好をしていたアネスティリアに、一目惚れだったなんて、人生はわからないものである。

ラビィーネのためにはじめて女性物のドレスに袖を通したときには考えられなかった。

「アネスティリア、俺を好きになってくれてありがとう」

ラザフォードはアネスティリアの頬に口づけると、うとうととまどろむアネスティリアの体を拭くべく、ベッドを抜け出した。

◇◇◇

気づけば、アネスティリアはラザフォードに腕枕をしてもらっていた。

さらりとしたシーツに、腰は痛むもののすっきりしている体。

ラザフォードが拭いてくれたのだろう。

それなのに、互いに裸のままで、でもそれがいやじゃなくて。

「妹のラビィーネは未来を予言できるんだ」

ラザフォードはそう、ぽつりと言った。

それはきっとラザフォードの秘密。体が重なったからこそこぼれ落ちた話なのだろう。

ラザフォードはどこか辛そうだ。

「とても賢い方なんですね。ラザフォード様の妹君にお会いできる日が楽しみです」

アネスティリアがラザフォードの胸に擦り寄って甘えると、頭を撫でてもらえた。

「そうじゃないんだ。本当に、未来を当てるんだ。実際、両親の事故を回避したことも、殺人事件を未然に防いだこともある」

「それは……すごいですね」

にわかには信じがたい話に、がばりと、アネスティリアは上半身を持ち上げた。

「別に信じなくていい」

ふいと、横を向いてしまったラザフォードがなんだか可愛らしく感じ、胸に胸を合わせ、顔を近づけた。

「信じますよ、ラザフォード様の仰《おっしゃ》ることですもん」

背中に手が乗り、抱きしめてもらう。

「ラビィーネ曰く、ここはラビィーネが前世で好きだった乙女げぇむ？　の世界らしい。ひろいんと呼ばれる主役の不幸な少女がたくさんの男たちを魅了して、真実の愛を見つける話だそうだ。いわば、ひろいんという少女を幸福にするためだけに存在する世界なのだと」

「なるほど？」

アネスティリアはよくわからなくて小首を傾げた。

「実は俺もよくわかっていない。だが、この世界には役割をもったものがいて、ラビィーネは悪役令嬢というやつらしい」

最早、ちんぷんかんぷんである。ただ、悪役というのはどうにもひっかかる。

「ラザフォード様の妹君が悪い方だとはとても思えないです」

「俺もそう思う。突拍子もない事をしたり言ったり、高飛車だったりと、良い子だとは言わんが、悪意を持って他人を苛めたりするようなことはしない。兄として、それは絶対に自信がある」

兄妹仲がいいことは素晴らしいことなのに少しモヤモヤするのは嫉妬だ。

アネスティリアだけのラザフォードではないことへの。

「だが、ラビィーネは、婚約者選定の儀に参加すると、攻略対象者を次々と恋に落とすひろいんに対して嫉妬し、虐めをしてしまい、しまいにはひろいんを殺そうとして逆に捕らえられ、処刑されることとなる運命だったらしい」

「処刑っ？」

あまりの事件規模の大きさにアネスティリアは驚いた。

「そんなわけない、お前はそんなことはしないと何度も説得した。参加だけして部屋から一歩も出なくても良いとまで言った。だが、『絶対に参加しない、参加すれば憎たらしいヒロインのせいでレオリードに殺されてしまう』と妹は泣き叫んでな。それで、俺が代わりに参加することにしたんだ」

額に口づけられ、アネスティリアは抱きついた。

「王家に叛意はないと示すためでもあったが、俺もまた、ひろいんに恋する攻略対象者というやつらしい。それなのに、女装して婚約者選定の儀に参加したら妹の言う予言は成立しなくなるはずだと思ったんだ。それにな、見てみたかったんだ。そこまで妹を苦しめる予定のひろいんとやらを」

「それでひろいんって誰なんですか？　この婚約者選定の儀で男性に好意を寄せられているのはラビィーネ様くらいだと思いましたけれど」

いったいどこのどいつがアネスティリアを差し置いてラザフォードと恋に落ちようというのだと唇を尖らせると、ラザフォードが苦笑した。

「アネスティリア、お前だ。お前がひろいんで、沢山の男達を恋に落とすんだ」

「私？　そんな、私にはラザフォード様だけですよ！」

とんでもないえん罪にアネスティリアは驚き、体を起こして叫んだ。

「わた、私っ、ラビィーネ様とは仲良くなります‼　絶対！　ラザフォード様の妹君ですもん！　だから……だから」

捨てないでと言おうとしたとき、ラザフォードの手が伸びてきて抱きしめられる。

「わかってる。アーネには俺だけだ。誰にも渡さない」

ラザフォードの胸に耳をつけ、アネスティリアは心臓の音を聞いた。

「はい。私はラザフォード様のものです」

「アネスティリア、約束してくれ。レオリードとジュゼットには近づかないと」

ラザフォードがジュゼットを嫌っているのは把握していたが、名前が出てきてアネスティリアは頷いたものの疑問だった。

「ジュゼット殿下は父ほどの年齢の方ですが、あの方もまたひろいんに恋をする存在なのですか？」

アネスティリアは言いながらなんとなく背筋がぞわぞわした。

「そうだ」

「わかりました。お約束します。お二方には近づきません。ご心配なさらなくても私、皇籍に入りたいなんて欠片も思っていませんけれど、それでラザフォード様がご安心なさるなら」

ラザフォードは上半身を起き上がらせ、アネスティリアも抱え上げられた。

「俺のわがままを聞いてくれてありがとう。アネスティリア、公爵夫人も皇太子妃ほどとは言わないが楽な仕事じゃない」

「たしかに公爵夫人も大変でしょうね。今の比ではないくらい馬鹿にされそうな気もします」

アネスティリアがそう言うとラザフォードの瞳に傷ついた色が浮かんだ。

「そうだな。俺は公爵家にとって都合のいい令嬢と結婚して、信頼で結ばれた穏やかな夫婦生活を送り、公爵家をうまく切り盛りするつもりだった。最初はアーネには俺に惚れてもらって、妹の言う断罪を回避さえできれば、もう会わなければいいとずるいことも考えていた」

「えっ」

ヒヤリとラザフォードの告白に背中が冷えた。去って行くラザフォードの姿を一瞬で想像してしまったためだ。

「それなのに、俺はアネスティリアじゃなきゃ絶対に嫌だ、離れたくないし、離したくないと今は心の底から思っている。アネスティリアが嫁いでくれれば苦労するし苦労もさせる。わかってる。わかっているんだ」

自分で自分の言葉に傷ついているかのようにラザフォードはアネスティリアを強く抱きしめた。

「公爵の地位だって簡単に放り出していい責任じゃない。アネスティリアは俺じゃない誰かのほうが幸せになれることもわかっている。でも、俺以外を選ばないでほしい。誰にも渡したくない。どこにもいくな……!」

すがるようで慟哭《どうこく》のようなその言葉にアネスティリアは強くうなずいた。

「勿論です。私、絶対にラザフォード様の奥さんになりたいです。この座を誰かに譲りたくありません」

アネスティリアはたまたま貴族籍に入っただけのちゃきちゃきの平民だ。

公爵様なんか本来ならば雲の上の人だったのに、こうして今、ラザフォードに抱きしめてもらっている。

この幸福は絶対に手放したくなかった。

「アネスティリア、俺と、結婚してくれるか？」

「はい」

アネスティリアが微笑むと、ラザフォードが口づけてくれた。

「婚約者選定の儀が終わったらすぐ、伯爵家に使者を送る。ハッシュフォード伯爵が反対するようならどんな手を使ってでも頷かせるから、何も心配するな。婚約者のことも心配しなくていい」

「はい、ラザフォード様」

アネスティリアはラザフォードの力強い言葉に幸せをかみしめた。

第五章

あれからアネスティリアは与えられた居室に帰らず、ずっとラビィーネの居室に入り浸っていた。

ラザフォードは捨てられた教科書をすぐ手配してくれ、くだらない虐めをする者にはこのラビィーネ・イライアスが容赦はしないと宣言をした。

普段アネスティリアに聞こえるように陰口を言っている令嬢たちは睨まれ、顔を真っ青にしていた。

勿論、ダンスの練習は厳しいままで、口頭で想定問題を出されてもいるのだが、居室に入った瞬間、ラザフォードはとにかくアネスティリアを甘やかすようになった。

月のもので腹痛になったアネスティリアをソファで膝枕し、腰をずっと撫でてくれたり、顔中に口づけられたり、手ずから甘いお菓子を食べさせてもらったり。

それに、ラザフォード自身の話もよく聞くようになった。領地で犬を飼っていることや、最近力を入れている事業のこと、友達のこと、そして妹のこと。

ラザフォードはぽつぽつとラビィーネとレオリードの話をこぼすのだ。いつも二人の仲のよかったころの話で始まり、俺がもっと上手く立ち回れていれば、ラビィーネは神の花嫁になる道を選ばなかったのでは、と自省をするころには、つまらない話をしてしまったとアネスティリアに謝罪する。

でも、アネスティリアは全部聞きたかった。ラザフォードの喜びだけでなく悔恨すらも。

ラザフォードの心の痛みを分けて欲しいのだと伝えると、ラザフォードもまた、同じように思ってくれていたようで、アネスティリアもまた近頃よく母の話をした。

母が亡くなった日、アーネはいつものように仕込み作業を終え看板を出そうとすると、店の中から大きな音が響き、客席にすがって心臓を押さえた母が顔面を蒼白《そうはく》にし、冷や汗をかきながら苦しんでいた。

父が医者を呼びに走る間にも母は苦しみ、それでいてアーネの腕の中でどんどん力を失っていった。

そうして、ついに医者が駆けつけてくれたときにはもう意識はなく、医者はただ首を横に振るだけだったという悲しいだけの話を、ラザフォードは真剣に聞いてくれるのだ。

悲しみも喜びも共有することによって、愛されているのだと、心から感じていた。

今もアネスティリアはラザフォードと向き合って座り、爪を整えてもらっていた。

ラザフォードは本当に凝り性なのだ。女装のため研究したという知識を惜しみなく使って、アネスティリアを垢抜《あかぬ》けさせていく。

「爪の形、こんな感じでどうだ？」

女性らしく丸く、でもすらりと見えるように長く、それでいて危険のないよう尖らず、きらきらと光るようになった指先にアネスティリアは表情を明るくした。

元々、家族で食堂を営んでいたこともあり、水仕事も多かったアネスティリアの手が、こんな風に美しくなったことはこれまでなかった。

「とっても素敵です！」

「そうか」

ラザフォードが小さく微笑み、アネスティリアの足を勝手に持ち上げて、靴を脱がせてきた。

「きゃっ！　ラザフォード様、足はいいです！　見えるところではないですし」

そういうのにラザフォードは聞いてくれず、それどころかアネスティリアの足を持ち上げ口づけまでしてきた。

「俺が見るから俺が整える」

「そんな、でも、恥ずかし……」

ラザフォードが足の爪を整えるために邪魔なようでお仕着せのスカート部分は膝までまくり上げられている上、ラザフォードは真面目な顔をしながらふくらはぎを撫でてくるのだ。

「や……」

「おとなしくしないと……」

突然、ラザフォードの言葉が止まり、むっつりと黙り込んだ。

「ラザフォード様？」

「エリザ、五月蠅いぞ」

「あら、まだ何も言っていませんよ」

そうだ、エリザもいたのだと思いだし、アネスティリアは顔を真っ赤にした。

「視線がだ」

「そりゃあ、わたくしはラザフォード様のお目付役でもありますからね」

エリザがラザフォードを軽く睨《ね》めつけると、ラザフォードは拗ねたように目をそらした。

「子供のころの話だろう」

「今の方がお目付役が必要に見えますがねー、まったく」

ラザフォードはばつが悪そうだ。

「……わかってる。ちゃんと大事にする」

その言葉に頬が緩んだのはアネスティリアだった。嬉しくてにやにやと笑ってしまう。

「アネスティリアも表情が五月蠅い」

「まあ、大切なご令嬢にそんな口の利き方をして情けない。わたくしそんな風に育てた覚えはないですよ」

エリザはまだまだラザフォードを揶揄うつもりのようで随分楽しそうだ。

「そのうちクビにするぞ」

「あらあら、わたくし若奥様付きの侍女になる予定ですので、それは無理ですね」

アネスティリアは面白くなって吹き出した。ラザフォードが言い負かされている姿など滅多《めった》に見られるものではない。

ラザフォードにとってエリザは母親のようなものだと言うこともあり、強く出られないのだ。

「アーネ」

ラザフォードに不機嫌そうに睥睨《へいげい》されるも欠片も怖くない。

「アネスティリア様にはラザフォード様の弱みを結婚する前にいくつか教えて差し上げないと」

「よろしくお願いします！」

元気に返事したアネスティリアにラザフォードは額を揉んだ。

「アネスティリア様、うちの若旦那様はちょっと子供っぽいところがございますがどうぞ末永くよろしくお願いしますね」

「はい。こちらこそ、いろいろとご迷惑をおかけすると思いますが、よろしくお願いします！」

「ラザフォード様とラビィーネ様で苦労させられるのは慣れていますよ。貴族でも使用人でも領民でも、もしアネスティリア様を苛めるような奴が現れたら、このわたくしが箒でおっぱらってみせますからね」

エリザの優しい微笑みは、アネスティリアの脳裏に母を思い起こさせた。

「そのときは私も一緒に戦わせてくださいい。箒は母がよく武器にしていたので得意なんです」

アネスティリアはぎゅっと拳を握った。

「そうなんですか！　ハッシュフォード伯爵家に黒真珠とよばれるほどの美女がいるというのは、私ども侍女の間でも当時話題になりましたが、お美しさに加え、とても頼もしいお母様だったんですね」

アネスティリアが物心つくころには、近所でも評判の肝っ玉母ちゃんだった母が大層な美女だったというのは眉唾だと決めつけていたがいよいよ否定できなくなってきた。

「母が伯爵令嬢だったなんて未《いま》だに信じきれないくらいにはたくましい人でした。我が家は家族で小さな食堂を営んでいたんですが、たまに変な客が来ても、奥で料理をしている父の代わりに母が追い返していたくらいでしたし」

両親が駆け落ち婚だというのは何度も聞かされていたが、母がどこの家の出身かは教えてもらっていなかった。

好奇心旺盛なアネスティリアが調べて、藪《やぶ》をつついて蛇を出したら困るからと。

「母はすごく強かったんですよ。私のお尻を触った客を箒の持ち手部分で急所を何度も突いてボコボコにしたこともあります。あのときは本当に大変でした。たまにくる常連のおじいさんまで触発されたのか杖で参戦しちゃって、そのうえ、騒ぎを聞きつけた父が厨房から肉叩き用の棍棒《こんぼう》を持ちだして出て来て……。その痴漢、警邏《けいら》に引き渡された後、安堵で泣きじゃくったんです」

大きくなりすぎた騒ぎに、父母と常連のおじいさんが罪に問われないかアネスティリアは怖くなったくらいだったが、店にいた他の客達の証言のおかげで厳重注意で済んだのだった。

家族で営んでいた食堂は常連客の多い店だった。

見た目は美味しそうではないのに何故か美味しいと評判の茶色いスープを筆頭とする創作料理が有名で、町に来た際は必ず食べに来るという人もいたくらいだ。

確かあの常連のおじいさんもそうだった。店内なのにいつも帽子を深くかぶっていて、いかにもな付けひげをした、おおきなモノクルをしたおじいさんは季節ごとに一度だけ来るのだ。

自分のことを話す人ではなく、無言で食べて帰っていくだけの人だったので、どこぞのお偉いさんのお忍びかなとアネスティリアは結論づけていた。

父の店はたまにいかにもお貴族っぽいお忍びさんがくる知る人ぞ知る名店だったから。

そういうわけでアネスティリアは母から最低限の礼儀作法は教わっていたのだ。

「痴漢の自業自得だ。昔のこととはいえ、俺も参戦したいくらいだ」

「まったくです」

「じゃあ、次があれば私は棍棒係をするので、エリザさんは箒、ラザフォード様は杖係よろしくお願いします！」

そう言ってアネスティリアがクスクス笑うと、ラザフォードが俺は刃物係かなと、本気か冗談かわからないことをぼそりと呟いた。

「こっちは大変だってのに、随分楽しそうだね、ラザフォード」

「きゃっ」

後ろから聞こえるはずのない声がしてアネスティリアは驚いて振り向いた。

ラザフォードからこの部屋に隠し通路があることは聞いてはいたのだが、まさか使われるとは思っていなかった。

そこには三人の男性が立っていた。三人ともラザフォードほどではないが見た目がいい。以前、彼らを見たことがあった。ダンスの授業でパートナーを決めるときにラザフォードに踊ってくれと頼んでいた人たちのなかでも目立っていたからだ。

皇太子の側近だと誰かが噂していた。きっとラザフォードの話にときどき出てくる友達なのだろう。

「何の用だ」

険しい表情で睨んでくる三人から隠すようにラザフォードがアネスティリアの前に立った。

「嫌だねー、独占欲？　レオリードの恋路を邪魔しておきながら、自分だけ恋人作るとかさぁ、罪悪感ないわけ？」

一人がラザフォードを下からのぞき込んだ。煽《あお》るように。

「仕方ないだろう。ラビィーネがレオリードを拒否しているんだから」

ラザフォードが腕を組んだ。

「お前はレオリードに一度もラビィーネと話し合う機会を与えなかった。一度でも本人の口から嫌いだと言われていたらレオリードだって諦めがついたはず。そもそも、レオリードは何もしていないのに一方的に訳のわからない予言とやらで拒絶するだなんて酷いじゃないか！」

ラザフォードに詰め寄ったその人を残りの二人は止めようとしなかった。

「嫌い？」

アネスティリアは首を傾げた。

ラザフォードの話を思い出すが、アネスティリアはそんな風には感じなかったからだ。

「あの、ラザフォード様、ラビィーネ様はレオリード様がお嫌いなんですか？　嫌いだと一度でも仰ったんですか？」

「それは……、怖いと言っていた。怖い、恐ろしいと、何度も、何度も。似たようなものだろう」

「でも、ラビィーネ様は私のことは憎いって仰っていたんですよね？」

おかしな話だと思った。なぜレオリードのことは怖くて、アネスティリアのことは憎いのだ。

それでアネスティリアは気付いた。そう、今のアネスティリアだからわかった。

違うのだ。ラビィーネが怖いのはレオリードではないのだ。

「ラザフォード様、あの、もしかしてなんですが……」

アネスティリアはラザフォードに耳打ちをした。

それはラビィーネにとって秘密にしておきたいことだと思ったからだ。

「目の前に俺たちがいるのに内緒話は気分がよくないなー」

嫌みを言われアネスティリアはすみませんと、小さく頭を下げた。

「俺のアーネに絡むな」

「未来の奥方といちゃつく方が悪いだろう？」

未来の奥方という言葉に、ラザフォードの妻をしている自分を想像し、アネスティリアは頬を染めた。

「仮に、仮にだ。アーネの言うとおりだとして、ラビィーネは修女院からでてくることはないだろう。

あれは意志が強い」

「私が皇太子殿下とお会いしたものの恋に落ちることはなく、婚約者選定の儀が終わる前にラザフォード様の恋人になったとお伝えしてみればいかがでしょう？　だって、この時点でもうラビィーネ様の予言は外れているんですから。今なら殺される未来だって否定できるはず。ラビィーネ様の本心をもう一度聞くわけには行きませんか？」

アネスティリアの言葉にラザフォードはむっつりと黙り込んだ。

「アーネはなんでそんなにレオリードの肩を持つんだ」

「皇太子殿下ではなく、あなたの肩を持っているんですよ。だって、ラザフォード様はずっと皇太子殿下に罪悪感を抱いているんでしょう？　お友達、なんですよね？　でも、ラビィーネ様も大切な妹君だから板挟みになっていらっしゃる」

このことに関してアネスティリアができることは何もない。ただ、ラザフォードの背中を押すだけだ。後悔のないように。

「俺がもっと上手く立ち回れたんじゃないかとは思っている。少なくとも幼いころは仲が良い二人だったんだ」

「前に池で皇太子殿下に助けていただいたとき、とても優しい方だと思いました。それになにより、ラザフォード様のお友達なんでしょう？　そんな方がラビィーネ様の仰るようなことをされるとは私には思えないです」

「それは、俺もそう思っている。俺もアネスティリアに出会って、生涯愛するのはただ一人だけなのだと気づいたから」

アネスティリアは穏やかに微笑んだ。

「ラザフォード様、一度、ラビィーネ様に会いに行かれたらどうでしょう？　本当にラビィーネ様が皇太子殿下を嫌っていらっしゃるなら、それはそれでいいじゃないですか。ただ、今のままではラザフォード様に悔いが残るでしょう？　私はそれは嫌です」

今のままでは駄目なのだ。

ラビィーネの幸せは神の道にあるのだとラザフォード自身が納得していないのだから。

「アーネを残して行くわけには。その……虐められているから傍を離れるのは心配なんだ」

「私は大丈夫です。だって、こちらのお三方が責任を持って私を守って、ついでに試験前の追い込みにも付き合ってくださいますから。ね？」

アネスティリアはここにきてしたたかになっていた。

「……もちろん。お前がラビィーネをレオリードの前に連れてくるのなら」

何だかんだでいい人達だ。ラザフォードの友達なのだから当然か。

「約束はできない。だが、話をしてくる」

修女院は家族しか入れない。だから、ラザフォードが直接、話し合いに行くしかない。

「アネスティリアのこと、必ず守れよ。ただし、常に空間は空けて近づくな」

「あ――――、わかった、わかった」

「はいはい」

「了解」

三人がうんざり顔であっちいけとばかりにラザフォードに向かって手を振った。

◇◇◇

単騎で駆け抜け、早二日。

ラザフォードはやっと、北方修女院の門を叩いた。院長は急な来訪に当たり前だがいい顔をしなかった。

「すみません。実は結婚することになりまして。ラビィーネに報告をしたくて」

そう言いながら、笑顔を作ったラザフォードは迅速に財布から寄進した。

「少々お待ちください」

妹曰くしたたかだという院長がにっこにこに微笑んできたので、割と現金な人なのだなとラザフォードは理解した。

建物内にはたとえ家族でも、孤児と女性しか入れない決まりであるため、ラザフォードは庭で待っていた。

庭と言っても、花は少しだけしか咲いておらず、実質、畑だ。

質素で物寂しい場所だ。

勿論、この場所が必要な女性が沢山いることはラザフォードとて理解している。

だが、妹に必要な場所なのかと言えば疑問が残った。

真っ黒な修道服を着た妹がパタパタと駆け寄ってくる。

「ラザ、なにをしに来たの？　まだ婚約者選定の儀は途中でしょう？　なにかあったの？」

久々に会えたというのに、ラビィーネは眉を顰めまくし立ててきただけだった。

いつもならば縦にコテで強く巻いている髪はフードで隠れ、化粧もしていないためか、妹は疲れて見えた。

「ここの生活はどうだ？」

快適な屋敷が恋しくなっていないかと聞けば反発してくることはわかっていたので、それは言わなかった。

「楽だとは言いがたいけれど、すべきことは沢山あってやりがいがあるわ。それで用は何なの？」

ラビィーネは短気だ。特に身内には。

「レオリードのこと、好きか？　それとも嫌いか？」

「……今更なに？　怖いってずっと言っているじゃない」

なんなの、もう、とラビィーネは腕を組み、ラザフォードから体を隠した。

成る程、確かにラビィーネは嫌いだなんて言っていなかったのだ。アネスティリアの言うとおりだ。ラザフォードは板挟みになって視野が狭くなっていたのだ。大事なことが全く見えていなかった。

「俺は怖いか怖くないかについては聞いていない」

「なにそれ、意味がわからないわ」

わかっているくせにそう言うラビィーネにラザフォードは一歩踏み出した。

「俺は、婚約者選定の儀が終わったらすぐ、アネスティリア・ハッシュフォード伯爵令嬢を娶《めと》る」

「っ！　なんでそんなことにっ？」

ラビィーネが目を見開いた。

やはりアネスティリアが妹の言うひろいんというやつだったのだ。

この世界の主役に相応しい太陽のような娘。可愛い、ラザフォードのお姫様。

「待って、ラザ。彼女はレオリードの妻になるのよ。あなたフラれるのよ、あの魔性の女に騙されているの！」

「アーネを悪く言うな。お前でも許さない」

ラザフォードが不機嫌になると、まさかはぁれむえんど狙いなの！　と訳のわからないことを言いながら、ラビィーネは口を覆った。

「アネスティリアはお前の予言するような女じゃない。善良で、ちょっと抜けていて、いつも一生懸命な素直な可愛い子だ。愛している。婚約者選定の儀が終わり次第ハッシュフォード伯爵家に使者を送って結婚の許可をもらうつもりだ」

「駄目よ！　ラザ、あなた、騙されているのよ！　ヒロインはダンス試験でレオリードと見つめ合って踊った後、試験結果の発表のときに、信奉者を利用して自分を虐めた悪役令嬢を断罪し、レオリードの婚約者として選ばれて、そのまま処女を捧《ささ》げ、エピローグで結婚するのよ！」

ラビィーネの予言にラザフォードは安堵の息を吐いた。

「俺だってその攻略対象者とやらなんだろ？　俺がアネスティリアと結婚しても問題ないはずだ。なのにどうしてはお前はそんなにもアーネがレオリードと結婚すると決めつけるんだ？」

攻略対象者というのは何人かいるらしいのに、どうしてレオリード一択になるのか。

「だって、レオリードが攻略対象者のなかで一番素敵でしょう⁉」

「…………は？」

ラビィーネの表情は至って真剣で、ラザフォードはため息を吐いた。

「その予言は外れる。いや、もう外れた」

「なんでそう言い切れるのよ！」

ラザフォードは額を手で覆った。なんと言えば良いかわからず、そうして回りくどい言い方を選んだ。

「お前の予言の中に既済の事実がある」

「…………それってつまり……」

しばらく考えた後、ラビィーネがくわっと眉を逆立たせた。

「ラザフォード・イライアスっ！　あなた結婚してもいない令嬢に手を出したのね⁉」

平手が飛んできて、ラザフォードは体を反らして避けた。

「何を考えているのっ！　ま、まさかわたくしの未来を変えるために手を出したの！」

「違う！　それはない！　いや、最初はお前の未来を変えようと親しくなったが、今は本気だ！」

「当たり前よ！　当然でしょう！　未婚の令嬢に手を出して結婚しないなんてありえないわ！」

「だから結婚するって言っているだろっ！」

話が堂々巡りしている間にも妹の平手は拳に変わり、ラザフォードを殴ろうと振り回され続けている。

「それで！　アーネに言われたんだ！　怖いと嫌いは違うと。ラビィーネはレオリードのこと、本当は好きなんじゃないのか！」

「好きよ！　ずっと好きよ！　ヒロインになんか負けないくらい好きなんだから‼　でも、レオリードを愛するあまり自分が何をしでかすかわからないから怖いのよ！　わたくし、絶対ヒロインを苛めるし、殺そうとするに決まっているもの！」

『ラビィーネ様が怖いのはレオリード様ではなく恋に溺れて何をしでかすかわからないご自分では？』と、いうアネスティリアにされた耳打ちは当たっていた。

（なんだ、やっぱりレオリードが好きなのか）

「それならそう言えよ、人騒がせな」

女装までしたのに骨折り損ではないかと思ったが、アネスティリアに出会うためだったのだと思い直す。

「まず、俺のアーネを殺そうと思うな。アーネは俺が好きで、レオリードのことなんか欠片も想っていない。いいかげんわかれ」

ラビィーネといるといつもこうだ。簡単に喧嘩になる。

そもそもこの妹は人の話を聞かないのだ。

レオリードとちゃんと話し合えていればこんなことにならなかったはずである。

「お前の予言は外れた。別に外れるのはこれが初めてじゃないだろう。前にも外れている。ほかでもないお前の力で両親とどこかの男性の死の未来を外したじゃないか」

ラザフォードは動きを止めた妹の両手を掴んだ。殴られたらたまったものではないからだ。

「また外しに行こう。おまえの力で」

「わたくし、レオリードのことを好きなままでいいの？」

「そういうことは、本人に聞いてやれ」

「うん」

ラビィーネがぽろりと涙を流した。

それでラザフォードはやっぱりレオリードのことは、友達だが、人の大事な妹を泣かせるから嫌いだなと思った。

「まあ、まずはお前が婚約者選定の儀で上位五名に入らないといけない訳なんだが、ここ最近さっぱり勉学から離れていたお前にできるか？」

ラザフォードが少し意地悪な気分になり揶揄するとラビィーネはすっと背筋を伸ばした。髪をフードごと後ろに払って、そして胸を張る。

「誰に向かって言っているの。このわたくしが一位に決まっているでしょ」

努力に裏打ちされた、絶対の自信。

少し高飛車で完璧な公爵令嬢、いつものラビィーネの復活だった。

「覚悟が決まったなら行くぞ。着替えてこい」

「待って、院長さまに」

「わかっていましたよ」

声を掛けられた方向を見ると、院長を中心に修道女と子供たちが集まってこちらを見ていた。

「ラビィーネ、実は見習い期間は院長の権限で大概の女性は短縮するんです。でも、あなたは一切短縮しませんでした。あなたの居場所はここではないと、わかっていたからです」

院長がラビィーネの修道服のフードをそっと外した。

「ここは女性の避難所。でも、あなたはもうこの場所に護ってもらう必要はないはずです」

「……っありがとうございました」

「働き手が一人減るのは痛手ではあるのですけどね。特にあなたは見習いとはいえ優秀でしたから」

すみませんと頭を下げて謝罪する妹ではなく、院長はちらちらとラザフォードに視線を送ってきた。

だから、ラザフォードはこそっとこのしたたかな院長にまとまった額の寄付を新たに約束したのだった。

「ラビィ、行くぞ王都まで。迅速にな」

そうして、ラビィーネが孤児院の全員に挨拶をした後、ラザフォードはラビィーネを外の世界へと連れ出した。

見送りはいない。塀の外とは完全に隔離された場所だったからだ。

これからも弱者を護るため、そうありつづけるだろう。ラビィーネは一瞬寂しそうな顔をしたが、次の瞬間鮮やかに微笑んだ。

だから、ラザフォードが先に馬に乗り、熊のぬいぐるみと鞄《かばん》一つだけ持った妹を後ろに乗せるため手を貸そうとしたときだ。

「きゃあっ！」

その瞬間、木の陰から馬に乗って飛び出してきた深く外套をかぶった男がラビィーネを横から片腕で抱き上げ、駆け出した。

「っラビィーネ！」

（嘘だろ！　完全に油断していたっ！）

公爵令嬢がここにいることを知っている者は少ない。

それなのに何故。一体、誰が。
考えている暇も無く、ラザフォードはラビィーネを必死に追いかけたのだった。

第六章

最終日、婚約者選定の儀の集大成である試験はもう最後のダンスを残すところとなっていた。

(ラザフォード様と踊りたかった……。駄目よ、折角ウルティオ様が私を助けようとしてくださっているのにそんな失礼なこと考えるべきじゃないわ)

入場から試験は始まるため、アネスティリアは皇太子の側近三人組の一人、ウルティオとともに割り振られた順番、つまり最前列に並んだ。

爵位が低いほど前列だということで、アネスティリアは伯爵令嬢なのにと、ミルドナーク夫人にウルティオが抗議しようとしてくれたが、止めた。

この程度の嫌がらせ、もう痛くもかゆくもなかった。

結局、アネスティリアはあれからラザフォードに会えていない。

とはいえ、元々、公爵令嬢のラビィーネと伯爵令嬢とはいえ平民の出であるアネスティリアは、筆記試験の会場は違い、口頭試験も時間が全く合わなかった。

ウルティオとロードとバルバトスの三人にきっとラザフォードは間に合うから目先のことだけ集中して頑張ろう！　と励まされていなければ集中できずボロボロだったかもしれない。

三人は義理堅く、アネスティリアにはとても親切だった。

ラビィーネが病気療養ということで部屋から出てこなくなり、代わりに三人が交代でアネスティリアとともに居ることが増え、アネスティリアに対する陰口は再開した。曰く節操が無いと。

それを不憫《ふびん》に想ってくれたのだろう。

それぞれが病気療養中のラビィーネに頼まれたのだと喧伝しつつ、忙しいなか、人目のある庭園でひたすらアネスティリアに勉強を教えてくれ、特にアネスティリアを虐めるミルドナーク夫人の授業であるダンスのときなどは必ず三人とも来てくれた。

とはいえ、ラザフォードに触るなと言われていたからだろう。ひたすら一人で踊るアネスティリアに上手だよ、綺麗だよ、上手い上手いと褒めてくれるばかりで、ちょっと、かなり、すごく恥ずかしかったのは、秘密だ。

「アネスティリアちゃん、ほんっと綺麗になったね。だから自信を持って、笑顔で行こう」

ウルティオが頬を人差し指で指して笑顔を作った。

先ほどまでアネスティリアはロードが家からわざわざ連れてきてくれていた一番優秀な侍女に着付けと髪と化粧を施してもらった。

「はい」

本来ならばお願いする予定だったエリザが急用で城を出なければいけなくなったらしいからだ。

「そうそう、結局、ラビィーネはレオリードが好きだったそうだよ」

「やっぱり！」

暗い話題に一筋の光が差したようでアネスティリアはぱっと喜んだ。

「ほんと、お騒がせな奴らだよ」

ウルティオがやれやれとため息を吐いた。

「ラビィーネから伝言を頼まれた。本当は直接言いに行きたかったそうだが、時間は無いわ、レオリードが纏《まと》わり付くわで俺が代わりに」

アネスティリアは頷いた。

「ラザフォードは必ず間に合う。迷惑をかけてごめんなさい。だって」

「……わかりました。でも、いいんです。私が行ってと言ったんですもん」

ラザフォードが間に合わなくても責めるつもりは無かった。きっと何か仕方の無い事情があるのだ。

「任せて。俺、結構ダンスは上手いから」

慰めようとおどけるウルティオにアネスティリアは口角を上げ、微笑んだ。ラザフォードに連れて行ってもらった劇の主演女優を思い出す。

体に一本の芯を通し、ウルティオを見つめた。

「……そうそう。その調子」

そう言うと、ウルティオが顔を近づけてきた。

「悔しいな。ラザフォードより先に出会いたかったくらい君は美しいよ」

お世辞にくすりと笑う。

先に出会っていたところでアネスティリアは絶対にラザフォードを好きになっていたがそんな野暮《やぼ》なことを言う必要はない。

「私、頑張りますのでよろしくお願いします」

「了解」

ウルティオが片目をつぶった。

そうして、アネスティリアは前を見据え、ウルティオの腕を持たせてもらった。

もうすぐ舞踏室の扉が開く。

それが、開始の合図だ。

緊張を緩和するため息を吸ったそのとき、待ち望んだ声が聞こえた。

「アーネ！」

ラザフォードが王城のため歩いて、しかしすさまじい速さで近づいてきた。来てくれたのだ、迅速に。

「残念、お役御免か」

ウルティオが両手を軽く挙げ、ラザフォードと入れ替わった。

ラザフォードの髪が風で靡《なび》いた。正装姿なのだ。そう、男性の姿。

あの女、イライアス公爵まで！　と、誰かの恨み言が耳に入るが、アネスティリアはラザフォードのことしか見えていなかった。

「ラザフォード様」

「アネスティリア・ハッシュフォード伯爵令嬢、俺と踊ってくれますか？」

ラザフォードがアネスティリアの手を取り口づけた。

「はい！」

嬉しくて涙が出そうになって、息を吸って止める。

せっかく化粧をしているのだ、泣くわけにはいかない。

アネスティリアがラザフォードの腕に手を絡めたとき、扉が開いた。

そうしてついに試験が始まったのだった。


試験会場の舞踏室では、すでに舞踏会がはじまっていた。

試験を受ける令嬢達を酒の肴に一杯やろうという悪趣味な演出は平民と変わりない。

所定の位置、つまり端の方に行き、曲の始まりを待つ。

ラザフォード・イライアスがラビィーネの相手役以外で、しかも最初に出て来たという衝撃は、先ほどの比ではない。

あの令嬢は誰だと、皆がアネスティリアを噂している。

だが、そのざわめきも、最後、ラビィーネ・イライアス公爵令嬢が入ってきた瞬間、止まった。

（なんて、綺麗な方）

自分に自信があって堂々とした美女。ラザフォードより華奢だ。

だが、それよりも注目を集めているのは隣の覆面の男だ。

何故、覆面なのだ。どこの誰だと、皆一様に噂している。

アネスティリアはあれはレオリードだと思った。

彼は彼で愛を貫いたのだと。嬉しいなと思うと同時に強敵だとも思った。

「いつもの通りやればいい」

「はい」

曲が始まる前に、アネスティリアはスカートの裾を摘まんで膝を折り、頭を下げた。ラザフォードもまた、胸に手を当てアネスティリアに向かって頭を下げた。

そうして、両手を握ってもらう。

ラザフォードの方が疲労困憊《ひろうこんぱい》ではないかと心配だったがそんな様子はなく、アネスティリアに微笑みかけてくれる。

曲が始まった。

アネスティリアはリードはラザフォードに任せ、口角を上げ、軽やかに踊った。心から楽しんでいることを隠さず、それでいて、誰よりも美しく見えるように。

視界の端に祖父が映った。

来ていたのだ。社交嫌いで人嫌いなのに。

顔を見ると、祖父はいつものむっつりした様子ではなく、嬉しそうに、微笑んでいた。

(あれ?)

たまに店にきて、釣りはいいと言って帰って行く、アネスティリアのお尻を触った客を杖で叩いた常連のおじいさんと面影がかぶった気がする。

そういえば、両親は他の客が同じことをすれば、お金を返していたのに、そのおじいさんからのお釣りだけはアネスティリアの小遣いにしてくれていた。

「アーネ」

アネスティリアは意識をすぐに引き戻した。

そうして、ラザフォードの手を離し、くるりと大きく回った。

ラザフォードが改造してくれたお仕着せのスカートはそれはそれはふわりと広がり、波のようにアネスティリアの体を包む。

そうしてラザフォードと見つめ合い、元の位置に戻る。

それは完璧な瞬間だった。

先ほどまで気になっていた周囲はもう視界にすら入らない。

なにもかもが、祖父のことも、ラビィーネのことも、音楽さえも遠くなり、この場にはラザフォードとアネスティリアしかいないような気すらする。

この時間が永遠に終わらなければいいと思う。同時に早く終わって二人きりになれる場所で抱きしめて欲しいとも。

曲の終わり、アネスティリアはラザフォードの手を再び離し、今度は緩やかに回った。

そうして、頭を下げた。

拍手が響き渡る。

肩で息をしそうになり、堪える。

まだ、試験自体は終わっていないのだ。

笑顔でラザフォードに連れられ、一旦退場、今度は最後尾。

先に退場したラビィーネに送られたのであろう大きな拍手はどんどん小さくなっていく。

そうして、最後、アネスティリアとラザフォードが退場するとき、拍手はもう一度大きくなった。

それは賞賛か、それとも最後だったからか。

扉が閉まり、ラザフォードと見つめ合う。

「綺麗だった。ものすごく」

「ありがとうございます」

アネスティリアは最後にもう一度微笑んだ。

一旦、ラビィーネの居室に戻ると、そこにはエリザが戻っており、アネスティリアは早速着替えを手伝ってもらった。

「ラザフォード様、このドレス！」

アネスティリアは喜びのあまりくるりと回った。

ドレスは後ろに立って鏡越しにアネスティリアを見つめているラザフォードの瞳の色をしていた。

「ラビィーネのために用意したのではなく、元々、アーネのために作ったものだから遠慮無く受け取ってくれ」

「はい」

アネスティリアは笑った。

ラザフォードの独占欲を感じ、アネスティリアはドキドキした。

試験が終わり、後は発表を待つだけなのだが、そのときの服装は自由となっていた。

昔は皆お仕着せだったそうだが、味気ないと言う声が出て、変わったそうだ。

多くの令嬢は自分のドレスを着るだろうが、アネスティリアはお仕着せを着る予定だった。だが、ラザフォードが用意してくれていたのだ。

エリザに手伝ってもらい着替えた後、化粧をラザフォードに直してもらう。

「本当に、お綺麗ですよ、アネスティリア様」

「ああ、綺麗だ」

二人が褒めてくれているというのに、アネスティリアは唇を噛んだ。

ここにきて、やっぱり試験が駄目だった気がしてきたのだ。

「アーネ。大丈夫だ、な？」

「……はい」

胃がキリキリと痛み出す。

「筆記と口頭はどうだった？」

「口頭は全部答えられました。筆記もわからないと感じる問題はなかったんですが……、ですが……」

やっぱり自信がないのだ。駄目だった気しかしない。

「よく頑張ったな」

「ラザフォード様のおかげです」

エリザがそっと部屋を出て行った。

「アーネ、アネスティリア」

ラザフォードが座っているアネスティリアの傍らに膝をついた。

そして手を握ってくれる。

「アネスティリアの努力は俺が誰よりもわかっている。大丈夫だ、必ず上位五名に入っている。もし、入っていなければそれは不正があったのだと俺は断言する。なんなら調べてもいい」

「……ふふ、それ、親馬鹿ならぬ、恋人馬鹿じゃないですか」

アネスティリアが吹き出すと、ラザフォードも笑った。

「そうだよ、俺はアーネのこととなると馬鹿になるんだ」

ラザフォードに顔を近づけ、ゆっくりと口づけた。

「大好き」

「こら、会場に戻りたくなくなるだろう」

額をコツンと合わせられ、アネスティリアは微笑んだ。

「ごめんなさい」

もし駄目だったら、駄目で良いと思えた。

アネスティリアの努力を自分とラザフォードが認めて、しかも、二人で踊れたのだ。もうそれだけで十分ではないか。

「不安だったろう、遅くなって悪かった」

「何事も迅速なラザフォード様が遅れているんです、理由があることはわかっていましたから」

「……アーネの言うとおり、ラビィーネはレオリードが好きなんだ」

「ウルティオ様から伺いました。よかったです！」

「ありがとう。なにもかもアーネのおかげだ」

「え、私は何もしていませんよ」

首を横に振ろうとするも、化粧を直すため、ラザフォードに顎を掴まれてできない。

「アーネのあの助言がなかったら俺は一生後悔することになった。ありがとう、アーネ」

「ラザフォード様……」

ラザフォードの言葉にアネスティリアは役に立てたのだと嬉しくなった。

「それでな、レオリードが、ラビィーネを誘拐したんだ」

「誘拐？」

いきなりの言葉に意味がわからず聞き返したアネスティリアにラザフォードはげんなりといった顔をした。

「修女院から出てすぐに攫われてな、なんとか俺が追いついたとき、ラビィーネが誘拐犯をひっかいて外套をもぎとった。レオリードの顔が出てきた瞬間、俺は叫んだよ、『お前らいいかげん、話し合え！』って」

曰く、レオリードはラビィーネを誘拐し、どうにかして無理矢理試験を受けさせるつもりだったのだそうだ。

そのためにまずは修女院にどうやって忍び込み、一人で騒がせずにラビィーネを攫うか計画を立てていたところに、ラザフォードがラビィーネを修女院から連れ出したので、勢いで誘拐したのだ。

「お三方がこっちは大変だとおっしゃっていたのって……」

「ああ、レオリードが落ち込んでいるからではなく、城から逃走したからだったよ。あの馬鹿、見たともないくらいすねた顔をしながら、それでもラビィーネを離そうとしないんだ」

つまりあの三人はレオリードの不在をごまかしつつ、アネスティリアの面倒を見ていたのだ。

きっとすごく忙しかっただろう。申し訳ない。

「ずっとラビィーネを誘拐する機会を一人で狙っていたのだと思うと、将来これを王と仰ぐのかと、情けなくなった」

初めて聞くラザフォードの愚痴にアネスティリアは頷いた。

「まあ、いいじゃないですか。皇太子殿下の一方的な想いではなく、結局は両思いだったんですから」

そう、これが片思いだったのならばいろいろと大問題であるが、結局のところラビィーネはレオリードと踊った。それが答えなのだ。

「ああ、被害者は間に挟まれた俺だけで済んだからな。『私を愛しているの？』と頬を染めて聞く妹がレオリードに『当たり前だ、ずっと君だけを愛してきた。どれほど君が俺を嫌おうと逃がしはしない。俺が君を殺すとすればそれは、君が手に入らないときだけだ』と返事をされて、うっとりとした顔で抱きついているところを見続けた俺だけで」

深くため息をつくラザフォードに、アネスティリアも仲がよすぎる両親のことはあきれていたので、気持ちがわかる。

「お疲れ様でした。よかったですね、大切なお二人が思いを通じ合えて」

くすくす笑うアネスティリアにラザフォードはふてくされたままだ。

「まあ、そうなんだけどな。そういうわけで、俺は馬鹿な二人を引率し、連れ帰ろうとしたんだが、レオリードを乗せてきた馬も、俺を乗せてきた馬も誘拐劇で疾走し、完全に疲弊して走行できそうにないことに気づいてな……」

ラザフォードが深いため息をついた。

「取り敢えず、近くの宿に馬を預け、代わりに借りようとしたが、小さな宿には、ぎりぎり二人乗りできる、いかにも鈍足そうな馬一頭しかいなかったんだ。ラビィーネは当然試験までに間に合わせなければいけなかったし、レオリードは主役だ。舞踏会にいなければ話にならない」

「だから、ラザフォード様が残られたんですね」

「ああ。辻馬車や荷馬車に金を払って乗り継げばなんとかなるだろうと。まさか運に見放され、そのほとんどを足で稼ぐ羽目に陥るとは思いもしなかったが」

「それは……本当にお疲れ様でした。ラザフォード様と踊れて私は嬉しかったですけれど、そんなにご無理をしてくださっていただなんて」

「いや、結局、どこかですれ違って会えないかもしれないことを承知でエリザが皇太子の紋付き馬車で迎えに来てくれたからなんとかなっただけだ。使うことはないだろうと思いつつ用意していた男の服まで持ってきてくれて、気が利く侍女ほど得がたい存在はないと思い知ったよ」

王族の紋付き馬車、それが走っている間は全ての臣民は横切れない、抜かせない、道を空けなければならない。検問所や城の中ですら検閲なしで突破できる代物だ。なるほど間に合うわけである。

それでも、その馬車に乗れるまではラザフォードは相当な無茶を重ねたはずだ。

「アーネ、そんな顔をしないでくれ。俺がどうしてもアネスティリアと踊りたかったんだ」

微笑むラザフォードとアネスティリアは見つめ合った。

「走っている間、ずっと考えていたんだ。俺が神のようなものに宿命づけられたアネスティリアの運命の相手ではなくとも、愛しているよ、アネスティリア。ラザフォード・イライアスという一人の人間が、全身全霊をかけてアネスティリアを愛している。たとえ運命の相手でなくても、それがどうしたって言うんだ。俺の手で運命にすればいいだけだ」

アネスティリアは思わずラザフォードに抱きついた。

「ラザフォード様、大好きです」

「ああ」

穏やかなラザフォードの声。この声が好きだ、ずっと聞いていたい。この声だけを。


ラザフォードとともに会場に戻ると、やはり視線を一身に受ける。

アネスティリアが着ているのはラザフォードの瞳の色をしたドレスだ。そしてラザフォードのタイはアネスティリアの瞳の色。

事実上の恋人宣言に周囲がざわついている。

「アネスティリアちゃん、さっきのダンス良かったよ！」

「おどろくほどお綺麗でしたよ」

「目立ってたぜ！」

「ウルティオ様、ロード様、バルバトス様、本当にありがとうございました」

キャアキャア言われているなか、側近三人組がアネスティリアとラザフォードのところまで来てくれた。

正直、彼らに憧れている女性達に恨まれそうなので話しかけるのは止めて欲しかったが、アネスティリアは頭を下げた。

「自分とラザフォード様のことばっかりで周りの方達が見えていなかったので、どんな順位になるかはわかりませんが、楽しかったです」

ぶつからないようにラザフォードがリードしてくれるとわかっていたので、アネスティリアは自分のことだけに集中できた。

だからそんなに低い順位にはならないと思いたかった。

「あなたは衆目を集めていましたよ。ほんとうにお綺麗でした」

ロードが褒めてきたときにずいとラザフォードが前に出た。

「嫉妬深い男は嫌われるぞ、ラザフォード」

バルバトスがあきれたように言うとラザフォードがフンと、鼻を鳴らした。

「そういうことは、レオリードに言え」

「いーや、俺はお前に言うね」

すっかり仲は戻ったらしく、小突きあった後、三人が神妙な顔をした。

「……その、ラザフォード、悪かったな。お前の立場もおもんばからず」

「いいんだ、この件に関しては、俺も結局後手後手に回ったし、もうこれ以上言うな」

ラザフォードは柔らかく笑った。ラビィーネが婚約者選定の儀に参加したことで、ラザフォードと彼らとの間にあったわだかまりはやっと解消されたのだ。

「ラビィーネが幸せそうでよかった」

そう呟いたのは三人の内、誰だったのか。

側近三人組はそれぞれ、たくさんの人に囲まれたラビィーネに視線を向けていた。アネスティリアはその横顔を見てふと気づいた。もしかしたら、ラザフォード以外はラビィーネがレオリードを好きだとわかっていたのでは？　そして三人ともラビィーネが好きだったのでは？　と。

愛する人に愛を貫いて欲しくて、だからあれだけ必死だったのだ。

結句のところ、男達を次々と恋に落とす、ひろいん、とやらはアネスティリアではなくラビィーネじゃないか。なんて、野暮なことは口に出さず、アネスティリアは黙することを選んだ。

「結婚式、楽しみにしておくよ」

「お前らは末席だ」

「ラザフォード様ったら、大事なお友達でしょう？」

アネスティリアが窘《たしな》めると、ラザフォードがむっつりとした顔をした。

「これより、レオリード皇太子殿下の婚約候補者を発表する」

国王の侍従の声が舞踏会中に響き、しん、と静まりかえる。

どの令嬢も素晴らしく甲乙つけがたくという口上が読み上げられ、アネスティリアは体を震わせた。

ラザフォードに背中をやさしく撫でられ、息を吐く。

いよいよ候補者の発表だ。レオリードが玉座の近く、父王の下の豪奢な椅子に腰掛けている。

レオリードの顔もどこか緊張して見えた。

「第一位、ラビィーネ・イライアス公爵令嬢」

真っ先に呼ばれたラビィーネに視線が集まり、顔を繋ごうと群がっていた人々が退き、周囲に空白ができた。

完璧な仕草で頭を下げ、前に進み出るその姿はどこまでも美しい。

自信が見て取れた。彼女の成績が圧倒的に優れていたのだと姿を見ただけでわかった。

次に呼ばれた令嬢は覚えのある名前で、優秀な人だった。だが、ラビィーネのような女王然とした輝きはない。そうしてまた一人、また一人。

最後の一人の発表を前に、アネスティリアは息を吐いた。

ラザフォードの顔をチラリと見る。

ただでさえ釣り合わない結婚だ。一つくらい武器が欲しかったが、やっぱり付け焼き刃では駄目だったのだろうか。

そう思ったとき、ラザフォードと目が合った。笑いかけてもらえ、アネスティリアは顔を上げた。

「第五位、アネスティリア・ハッシュフォード伯爵令嬢」

シン、と会場中が静まりかえった。

よしっ‼ という声が遠くから響き、振り向くと祖父が拳を持ち上げ、それに呼応するかのように人々がざわめきだす。

それでアネスティリアは気付く。

「私、選ばれました？」

「ああ、おめでとう。アーネ」

ラザフォードに背中を押され、前に進み出る。

しゃんと背筋を伸ばして、優雅に、優美に、優艶に。ラザフォードに習ったとおりに。

今この瞬間、アネスティリアはこの場にいる全ての視線を集めているのだから、はしゃいではいけない。

それでも足取りは軽やかで。

ラザフォードの手が離れ、アネスティリアは選ばれた他の四人のように前に出て横に並んだ。

割れんばかりの大きな拍手が会場中に響いたのだった。


上位五名に選ばれたアネスティリアたちは別室に集められていた。

この場の支配者かのように、ソファに腰掛けているラビィーネの前にアネスティリアは立った。

「やっと会えたわね、アネスティリア・ハッシュフォード伯爵令嬢」

「はじ……お元気になられて良かったです、ラビィーネ様」

初めましてと言いかけ、アネスティリアは口をつぐんだ。アネスティリアとラビィーネは親友という設定なのだ。

「色々と迷惑を掛けたわ。わたくしはもう大丈夫。……それで、なんだけど」

言いづらそうにしているラビィーネに、アネスティリアは微笑んだ。

「ラビィーネ様と姉妹になれる日が楽しみです」

ラビィーネとアネスティリアは初対面だ。

ラザフォードからアネスティリアとの関係のことは聞いているとは思ったが、恋する乙女は不安になるもの。

そのうえ、ラビィーネにとってアネスティリアは最も警戒すべき相手らしいので、不安を取り除こ

「私もよ。お節介で口うるさい兄だけど、末永くよろしく」

微笑んでくれたラビィーネにほっとしていると、レオリードが側近三人組を伴って部屋に入ってきた。

ラビィーネに倣いアネスティリアも頭を下げた。

「皆、顔を上げてほしい」

ゆっくりと顔を上げると、レオリードが全員に向かって笑いかけてきた。よく見たらラビィーネにやられたらしきひっかき傷が頬にある。アネスティリアの生温かい視線に気付いたレオリードが可愛い子猫にやられたんだと幸せそうに笑ったので目を細めて頷いておいた。

「皆さんご存じかと思いますが、あなたがたにはこれからしばらく私の婚約者候補として王城に自由に出入りする権利があります。また、一人一人と面談をする時間も取らせていただく予定です」

レオリードの言葉にアネスティリアはラビィーネに決まっているのに何故と思ったが、他の令嬢達の面子もあるのだろう。

「ただ一人、アネスティリア・ハッシュフォード伯爵令嬢については、発表は後日にしますが、とりあえず失格ということで」

突然の失格宣言にアネスティリアは目を見開いた。

「レオ、言い方」

側近のバルバトスの忠告に、レオリードは笑った。

「ああ、すまない。そうじゃない。ラザフォードの奴が部屋の前を熊のように往復している。嫉妬深くて面倒だ。君はもう行っていいよ」

「ありがとうございます!」

ラザフォードが待っていると聞き、ぱっとアネスティリアは頬を染め、心から微笑んだ。

「殿下と未来の皇太子妃様の幸福を願っております」

ラザフォードから学んだ美しい仕草で退去の挨拶をし、アネスティリアは周囲を見渡した。

それで気付く。

この場にいるアネスティリア以外の令嬢は全員皇太子妃の地位を狙っているのだと。

一様に微笑みながらも、アネスティリアの早々の退場を喜んでいる。

(ラビィーネ様にとって、ここからが本番なんだわ)

アネスティリアは一瞬、残ってラビィーネを支えるべきかと思って、視線を送った。

だが、目を合わせたラビィーネは艶然と微笑んでいた。

それで、この方は絶対に大丈夫だと思えた。彼女こそ皇太子妃の器だと。

だから、アネスティリアはウルティオが開けてくれた扉に早足で向かった。

扉の外でラザフォードが手を広げて待っていて、アネスティリアは飛びつく。

「お帰り、アネスティリア」

くるりと回してもらい、地面に下ろされる。

「ラザフォードさま」

ちゅっとアネスティリアから口づけた。

部屋の前に立っていた皇太子の護衛騎士がチラリと視線を外し、アネスティリアはここが二人きりでないことを思い出した。

「あ、ごめんなさい」

アネスティリアがそっと離れようとしたが、頭の後ろに手が回り、口づけられた。

そして、ゆっくりと唇が離れた後も、アネスティリアはラザフォードに身をゆだねていた。

「あ……」

まるで唇が離れるのが残念であるかのような声が漏れた。

その瞬間、今度は性急に口づけられた。何度か角度を変えたかと思うと、半開きになった口内に舌が入ってきた。

「んっ」

こんな場所でと思うのに、抵抗できず、嫌でないことを証明するかのように、ラザフォードの服を強くつかんだ。

絡められた舌のせいなのか、悪寒のようで、それでいてもっと感じたいような不思議な感覚が背中に走っていく。

「ふ……う」

少し離れて、息を吸うと、引き寄せられ、半ば抱えられながらアネスティリアはラザフォードに馬車まで連れて行かれたのだった。


「アーネ」

馬車の中でもう何度となく口づけたというのに、部屋につくとアネスティリアは、またラザフォードに口づけられた。

ちゅっちゅっちゅっ、と何度も啄み、抱きつく。

今夜は婚約者選定の儀に参加した令嬢たちは城に残ってもいいし、帰ってもいいことになっていた。

アネスティリアは勿論、帰った。ラザフォードの腕の中に。

イライアス公爵家のタウンハウスに連れ込まれ、寝室で髪をほどいてもらい、ドレスを脱がされ、コルセットまで外されていく。

「あ、お風呂に……」

「あとでな」

今日一日、ものすごく汗をかいた自覚があるからこそお風呂に入りたかったのだが、ラザフォードはアネスティリアの首筋の匂いを嗅ぎ、そのまま舐めた。

「あっ」

ラザフォードの視線は情欲に濡れていて、これからおこることを如実に示している。

「嫌か?」

「いいえ、私もダンスを踊っていた間ずっとラザフォード様と二人きりになりたいと思っていました」

そう言うとラザフォードの額がアネスティリアの額にコツンと当てられた。

「煽るようなことは言わないでくれ。今夜はゆっくりアネスティリアを感じたいんだ」

「私は迅速にラザフォード様を感じたいです」

「っ、怒るぞ!」

アネスティリアの素直な言葉にラザフォードは実に簡単に煽られたようだ。胸の先をいっそ痛いほど摘ままれる。

「あっ、あん!」

すぐにベッドに押し倒されて、反対の手は早速アーネの足の間に入り込んできた。

「もう濡れてる」

「だって……」

仕方ない。

ずっと焦らされている気分だった。

ラザフォードは処女こそ迅速に奪ったが、それ以降はアネスティリアの頭を撫でたり、口づけはしてきたものの、それだけで、初めての快楽を知ったばかりのアネスティリアはずっと放置されていたのだ。

今だってそうだ、馬車の中で何度も口づけてきたが、それ以上のことはなくアネスティリアの体はすっかりほてっていた。

「だって?」

いきなり口で胸を舐められ、そちらの胸にばかり注目していたが、反対の胸も指先で優しく弄られ、アネスティリアは声を上げた。

「ふっ、んっ、ああっ!」

片方の胸の先に歯を立てられ、もう片方は軽く抓《つね》られて、アネスティリアは腰を浮かせた。

「あっ、やぁ! あん! あん!」

体をくねらせて逃れようとするも、噛まれて、押し潰されると、ただただ喘ぐことしかできない。

その上、胸とは関係のないお腹の奥がきゅうきゅうと甘く痛んでいることに気づかれたのだろう、内腿《うちもも》を撫でられ、耳を舐められ、アネスティリアは簡単にビクビクと震えた。

「アーネは耳も弱いんだよな?」

アネスティリアすら知らなかった弱点に気づかれたようで、何度も息を吹きかけられる。

「そうっ、ですけど!」

肯定すると待ちわびていた場所、足の間、湿り気を帯びたところに手が戻ってきた。

「あんっ」

身をくねらせるもラザフォードの指先は容赦なく、つんと尖った場所を優しくトントンと押してくる。

胸の突起も同時に噛まれ、されるがまま喘ぐことしかできず、アネスティリアは首を横に振った。

何度も繰り返されると、切迫していて、それでいて心地よい感覚が前回同様に襲ってきているからだ。

「も、やぁっ！　あああ」

頭の裏が白くなり、体から力が抜けて、手は顔の横に投げ出し、閉じていた足は開いた。

ラザフォードが唾を飲み込む音が部屋に響いた。

静寂な美貌を持つラザフォードが目をギラギラとさせ、アネスティリアを喰らおうとして、その興奮を伝えてくる。

指がラザフォードしか知らない場所に潜り込んできた。

「ゆっくりすると言った前言は撤回する。アーネ、もっと足を開いて」

「そんなことしたら……」

「うん、見せて」

「んっ……」

アネスティリアは抗わずに素直に膝を曲げて足を開いた。

今度は舌が入り込んできて、アネスティリアを何度も喘がせた場所を舐めてくる。

「ああっ、そんな、駄目、んっ」

ぴくぴくと腰を逃がそうとするも抑えられ舐められながら、拡《ひろ》げられていく。

「ラザ……さま、も、大丈夫なので」

ラザフォードが立ち上がり、アネスティリアの額に口づけた。

「迅速にするとは言ったが、まだ駄目だ。今は早すぎる」

「でも、勃ってるじゃないですか」

少しくらい痛くてもいい。会えない間ずっと寂しくて、ラザフォードのことがずっとずっと恋しかったから。

「そりゃあな」

ラザフォードのそこが大きく盛り上がっているのが服の上からも見えた。

これがまた入ってくると思って、アネスティリアは小さく生唾を呑むも、ラザフォードはゆっくりと指を入れてきただけだった。

「あっ！」

指が動かされ、アネスティリアが最近知ったばかりの快楽を再び、与えられる。

「ぁああっ！」

ラザフォードの首に縋り、まだ一本しか入っていない指を逃がさないよう、締め付けた。

ぐりぐり、ぐりぐりと以前アネスティリアを絶頂の彼方まで追いやった場所ばかりを攻められ、ラザフォードが与えてくれる快楽に抗えない。

「あああっ！」

指が増やされた。感じるところを責め立てられ、この後のラザフォード自身の動きを予告するかのように前後へと動かされ、アネスティリアは無意識にぎゅうぎゅうとラザフォードの指を締め付けた。

ラザフォードが我慢ならないとばかりにつばを飲み込む音が部屋に響く。

「ら、ラザフォード様、すき」

「くっ」

ラザフォードがアネスティリアの肩に頭を乗せ、うめいた。

「どこまで煽るつもりだ」

二本目の指が性急に入ってきて、ぐりぐりとアネスティリアの感じる場所を探しながらも、拡げていく。

「あんっ、あ。やだ、やだ、もう、ああっ！」

びくびくと腰をしならせて、アネスティリアはすぐに絶頂を極めた。

だが、物足りない、まだ足りない。

「んっ！　好き、もっ、早く、してください！」

痛くてもいい。あの日のように体の一番深いところでラザフォードを感じたい。

「淫らだな」

「あっ、嫌ですか？」

アネスティリアも前回まで処女だったというのに、ラザフォードが欲しくて、欲しすぎて、求めてばかりいる自覚はあった。

「最高だ」

「ラザフォード様、好き、すきっ」

「あ――、もうっ、俺も好きだ、好きだよアーネ。だから、力を抜いて」

ラザフォードが前を寛《くつろ》げて切っ先が入ってきた。だが、奥までは入ってこない。

「んっ、はぁ」

それが切なくて、アネスティリアのそこはもっと奥に来てとばかりに無意識に引き絞っていた。

「すごいうねってる。そんなに、ほしかったのか？」

「うん。奥がずっときゅんきゅんしてたのっ、ああ！」

媚《こ》びるようにアネスティリアは自分から腰を進めると、胸の先を弄られる。

胸の快楽が下半身にまで繋がってラザフォードを更に締め付けてしまう。

そうして、ラザフォードと繋がり大きなモノでかき回される快楽に耽溺していく。

「アーネっ、かわいすぎる！」

ラザフォードが髪をかき上げた。

はじめはゆっくりと、前後に動き出した。

まざまざとラザフォードのモノの形を感じ、ぎりぎりまで引き抜かれ、今度は一番奥まで、押し込まれる。

張り出た部分が優しく当たる感覚。腹の奥がむずがゆい。

これでは足りないとわかっているのだ。

「ラザフォード様、もっと」

「ああ、いっぱいしよう」

そう言った瞬間、腰を打ち付ける音が寝室に響いた。

「あんっ！」

奥を穿《うが》たれる度、感じて、満足しているはずなのに、もっともっとして欲しくなる。

胸をいじっていたラザフォードの手はいつの間にか強く腰を掴んでいて、我がものとばかりに激しく打ち付けられる。

その間にも口づけ合い、でもラザフォードの動きの激しさで唇は離れ、それでも口づけた。

最奥を何度も何度も打ち付けられ、幾度となく小さな頂点を極めながらも、大きな終点へと二人で向かっていく。

気が狂いそうな快楽に、アネスティリアはラザフォードの背中に無意識に爪を立て、腰に足を回した。

密着して離れなかった。

アネスティリアはラザフォードとどこまでも一緒にいると決めたのだから。

「っ！　まだだアネスティリア、まだイクな」

「あっ、あああっ」

そう言いながらも、ラザフォードは一等激しく打ち付けてきて、あまりにも快楽が強すぎて、逃れるようにずり上がったが、すぐに引き戻された。

「あ――――！」

アネスティリアの唇の端から唾液がこぼれ、目がチカチカして、一番深い場所でラザフォードを感じた。

「っっ！　こら、まだだと言ったのに」

こらえているラザフォードの子種を欲して、アネスティリアは下腹部が蠕動《ぜんどう》していることに自覚などなく、忘我の彼方へと旅立とうとする。

しかし、ずるりとラザフォードが出て行く感覚に意識を戻し、足を絡めて阻止しようとしたが、叶わなかった。

「だめっ」

続きをねだる拒絶をすると、次の瞬間アネスティリアはうつ伏せになっており、ラザフォードに腰を掴まれていた。

そして後ろから入ってくる。

「え、うそ、こんなぁあっ‼」

「あれだけ煽ったんだ、ちゃんと付き合え。今度こそ一緒にイこうな」

アネスティリアはラザフォードの淫らな命令にコクリと、頷いたのだった。

アネスティリアがゆっくりと起き出すと、ラザフォードが寝室で仕事をしていた。

かわいらしく、それでいて谷間が見える寝間着を着せられており、なるほどこういうのがお好きなのねと一人ニヤニヤすると視線を感じたのかラザフォードが顔を上げた。

「おはよう、アーネ」

ベッドの端に座ったラザフォードに頬に口づけを落とされ、お水をもらう。

「おはようございます。といっても、もうお昼っぽいですが……」

「食事を用意してある。食べたら送っていこう」

「いいですよ、ラザフォード様はお忙しいでしょう」

アネスティリアに構いっきりでたまっていた仕事がありそうなうえ、ラビィーネが最終候補に残った以上、当主としてやることが増えていそうだ。

実際、決裁が必要そうな紙が机の上にどっさりと置かれていて今にも崩れそうになっている。

「だが……」

「ラザフォード様がはじめてハッシュフォード伯爵家に来られるときは、婚約を申し込みに来てくださるときがいいです。それで、祖父が婚約を断ったら私と父のことをそのまま攫っていただけませんか？　本当はちょっと憧れていたんです。両親の駆け落ち」

上目遣いで甘えると、ラザフォードが可愛いと呻いた。

「約束だ。仕事を片付けたら、すぐ迎えに行く」

「はい」

そうしてアネスティリアはイライアス公爵家の馬車でハッシュフォード伯爵邸に帰宅したのだった。

門の中に足を踏み入れると、屋敷には祖父の声が響いていた。

「帰れ！」

「お話だけでも！」

「聞かん、聞かん、貴様の話など興味もないわ！　儂の家から出て行け！」

玄関で大騒ぎをしている祖父ともう一人。どこかの貴族の侍従だろうか。立派なお仕着せを着ている男性にアネスティリアは会釈した。

しかし、祖父はアネスティリアの腕を掴んで屋敷に入れてすぐ、侍従を追い出した。

「何事ですか？　お爺《じい》さま」

「お前が気にすることではない。それよりも、アネスティリア！　よく頑張ったな、よく頑張った」

いつもと違い祖父がアネスティリアに触れ、健闘を称《たた》えるように両肩を何度も叩いてきた。うっすらと目に涙まで浮かべている。

昨夜の舞踏会で拳をあげたことと言い、知らなかった一面が見えてくる。

「ああそうだ、昨日着ていたドレスは友人に借りたのか？　どこの令嬢だ？　礼をしなければ。今の婚約者選定の儀では舞踏会で着替えるとは知らんかったのだ。全く、言ってくれれば一着くらい作ってやったのに。ああ、そうだ、ネイトも、もうすぐ帰ってくるはずだ。お前の口からも上位五名に残ったことを報告なさい。今夜は祝いだ。昨夜もネイトと祝ったがな！　それだけじゃない。お祝いに舞踏会も開かなければ」

いつもむっつりとしている祖父の顔に赤味《あかみ》が差し、どうやら興奮しているようだ。父とお祝いをしたと聞いてアネスティリアは驚いた。

「いや、その前にお前のドレスも仕立てなければ！　ああ待て、まずはこの屋敷を改修し、使用人も集めないと！　こうしちゃいられない！」

膝が痛いといつもぶつくさい言っている癖に祖父の足取りは軽やかで、あそこにあの剣を飾ろう。そこに美術品を飾ろう。料理はどうしようと、一人盛り上がっており、アネスティリアはその様子をぽかんと黙って見ていた。

「どうした、アネスティリア？」

「いえ……」

「城での生活は辛かったか？　だが、お前はそれでも上位五名に残った。お前を馬鹿にする者達を黙らせるだけの実力を身につけたんだ」

「……ありがとうございます」

妙に褒められており、アネスティリアは戸惑った。

「よりどりみどり、とは言わんが、今のお前は選ぶ立場だ。これまでは、お前の美貌にくらみながらも平民と馬鹿にしきったような縁談しか来なかったが、これからは違う。ああ、そうだ、ダンスを踊ったあの男はどこの誰だ？　いい男だったか？」

普段の無愛想と言っていいほどの寡黙さからはありえないほど矢継ぎ早に祖父は話しており、アネスティリアはついて行くだけで精一杯だった。

「えっと」

祖父は社交界から離れて久しいためアネスティリアのダンス相手がラザフォード・イライアス公爵だと知らないようだ。

アネスティリアの逡巡《しゅんじゅん》を祖父は別の意味に捕らえたようで、眉を顰めた。

「相手はよっぽど嫌な奴だったんだな。今言ったことは気にしなくていい。儂はしばらく社交界から離れてはいたが、なに、今に招待状が沢山届く。エスコートは儂がするから、全て出席すればいい」

アネスティリアは祖父の話がおかしな方向に行っている気がした。

「あの、私の結婚相手はお祖父様が決めているのではないのですか？」

例のあの気持ち悪い商人はもういいのだろうか？　どのみちラザフォードがどうにかしてくれると言っていたが。

「いや、決まっていないが？」

「え？」

「は？」

「へ？」

たっぷりと大きな静寂が二人を包んだ。

「何故、儂がお前の結婚相手をお前に相談なしに決める？」

こてんと、祖父が小首をかしげた。

「あの、え、だって、私は、あの遠縁で跡取りの気持ち悪いおじさんと結婚して、地位固めの駒になるんじゃ……」

「誰がそんなことを言った？」

眉間に皺を寄せる祖父にアネスティリアの混乱は深まった。誰が、誰って、そう、その遠縁の気持ち悪い跡取りおじさんである。

「何故、あんな奴にお前を嫁がせねばならん？　おま、お前、まさか、惚れているのか？　あの男に。どんな男の趣味だ。やめておきなさい！」

目を見開いてまっとうなことを言う祖父にアネスティリアはええ？　となった。

「嫌にきまっているじゃないですか。でも、お祖父様は私をあの人に嫁がせるつもりだって、直接言われたんですよ！」

「はあ！　そんなわけなかろう！」

「だって、あの人、自分は遠縁だが跡継ぎ、直系の娘を嫁にもらうのは必然だって……」

祖父が杖で床を叩いた。全身に怒気をまとわりつかせて。

「あの男っ‼　そんなもん負け惜しみの苦し紛れの嘘に決まっているだろう‼」

「えっ？」

「元はと言えばあの男に爵位を継がせたくないからこうしてお前を養子に取ったというのに！」

「ええっ！」

つまりアネスティリアは騙されたということなのだ。多分あの商人は祖父とアネスティリアの仲をもっとこじらせたかったのだろう。

ただ単なる嫌がらせで、私には婚約者がいると悲観して思い詰めていただなんて。

ほっと一息ついているアネスティリアの横で祖父は激怒したままだ。

「近いうちに儂の爵位はお前の結婚相手に継がせると宣言するつもりだ。相応の結納金とともにな。今にお前の元に爵位を継げない貴族の次男三男どもが群がってくる。だから侮られないよう上位五名に入れと言った。それだけだ！」

（相応の結納金？　相応、っていくら？　男の人が群がるって？　どういうこと？）

アネスティリアは祖父の言葉の意味がわからずちんぷんかんぷんだった。

「お前は母親譲りの美貌に加え、我が国の貴族の仲でも旧家中の旧家であるハッシュフォードの伯爵位に領地、そして財産つきの社交界では沢山の男どもが喉から手が出るほどほしがる娘だ。下手な男に近づかせるわけにはいかん！」

「へ、えっ？」

母親譲り？　誰がどう見ても父親似のはずなのだが、これは祖父の贔屓目《ひいきめ》というやつだろうか、親馬鹿ならぬ祖父馬鹿？　いや、そんなことよりも、だ。

アネスティリアはハッシュフォード伯爵家には大した財産などないと思っていた。理由は簡単、祖父の生活が質素だからだ。

（もしかして、お祖父様ってすっごくお金持ち？）

お金は使わなければ貯まる。祖父は通いの使用人がいるだけの一人暮らしだが、そうだ、母は愛のために捨てたが、とても裕福な暮らしをしていたとアネスティリアに言っていたではないか。

「お前がちゃんとした相手とちゃんとした結婚をすることだけが儂の望みだ。駆け落ちも、愛人も冗談じゃない。どこかの家の立派な次男坊か三男坊を探して婿取りを……」

「愛人？」

アネスティリアは小首を傾げた。夜の店で働く計画は祖父に養子入りしたことでとうの昔に頓挫しているというのに何故そんなことを言うのだ。

「さっき来たあの男は、イライアス公爵家の使者だ。当主がお前に惚れているだの何だの。幾ら公爵とは言え、誰が孫を愛人になんぞさせるか！」

アネスティリアは短く悲鳴を上げた。

「なんで勝手に断るのよ！」

「おまっ、お前、愛人になりたいのか！」

どういう勘違いだ。なぜ愛されているのにそんな日陰の立場にされねばならない。

「そんなわけないでしょう！　私がラザフォード様の奥様になるのよ！」

「奥様ぁ？　相手がどれほど位が高いかわかっているのか？　下手な王族より上だぞ。いくら我が家が旧家といえど、お前には隠しようもなく平民の血も流れているわけで……。まさか、甘い言葉を真に受けてもて遊ばれたのか？」

両手をわちゃわちゃさせている祖父にアネスティリアは啖呵を切った。

「本気よ！　本気！　舞踏会でのラザフォード様のタイの色を見たでしょう！　私の瞳の色だったのよ！」

「タイぃぃ？　老人の目にそんな小さい物が映ると思うな！」

「ラザフォード様は私を愛しているから結婚するって約束してくれたのよ！　それを勝手に断るだなんて！　酷いっ！」

アネスティリアが怒ると、祖父は杖で床を叩いた。

「ええい！　お前に本気だったら、一度断られた程度ではめげんわい！　そのうち本人が直接、頭を下げに来るはず！」

「絶対、来るんだから！」

「来るなら来い！　儂が相手じゃっ！」

杖を振り上げる祖父にアネスティリアはそこでやっと、あれ？　と思った。

「もしかして……、もしかしてなんだけど、お祖父さまって、私の幸せを願っていたりする？」

その質問をしたとき、祖父の勢いはどこへやら、急にシュンと萎《しほ》んだ。

「……当たり前だろう。その、儂がお前に嫌われているのは知っている。娘の葬式でネイトを殴ってしまったからな、仕方ない」

「なんで、お父さんを殴ったの？」

「あいつが一生を掛けてティアリアを守り抜く。そういう約束だったのに、あっさり死なせてしまったから……。ついかっとなって。この大嘘つきめと」

それでお前に睨まれて、騒ぎを起こしてしまった自分がここにいてはいけないと一人とぼとぼ帰ったのだと、祖父はぶつぶつと小さく言い訳をした。

「父さんは医者じゃないし、病気からは護れないよ」

アネスティリアはいつの間にか祖父相手に慇懃無礼《いんぎんぶれい》な敬語を使うのをやめていた。

「うっ！　わかっている、わかってはいるんだ」

むううと叱られた子供のようにむっつりとした祖父にアネスティリアは質問をした。ずっとしたかった質問だ。

「お祖父様が母さんを愛していたとして、なんでこの家、母さんの絵一つ、家族の肖像画一つないの？」

「昔、泥棒に入られたんだ」

肖像画を盗まれるだなんて、よっぽど有名な作家に描かせたのだろうか。

「ティアリアの物はドレスも絵も、アクセサリーもごっそりと奪われた。残ったのは運びきれなかった本と家具くらいだ」

「……そうなんだ、ごめん」

被害を思い出し、暗い顔をした祖父にアネスティリアは謝罪した。

（あれ、なんか変……）

まるで祖父の口ぶりは母の物だけを狙って盗まれたと言っているかのようだ。だが、それよりもアネスティリアはまずは一番大きな疑問を口に出した。

「あのさ、暴漢を雇って父さんを襲わせた？」

「は？　なんでそんなことせねばならん。直接一発殴れば十分だ」

「お祖父さまって、父さんを殴る以外は、何にも悪いことしてない感じなの？」

そう聞くと、祖父はそっと目をそらした。

「……前にお前が乗ってきた城の馬車の御者に金を握らせて先に帰らせた」

「なんで！」

「お前が辛そうだから、馬車がなくなれば、この家で休めるかと。夜になってから儂が辻馬車を雇ってやればいいと……」

「失格になりかけたよ！」

「そうなのか？」

アネスティリアはやっと理解した。祖父は婚約者選定の儀が昔と変わっていることを知らなかっただけなのだと。

そして、祖父には愛されているのだと。なんてことだ、父の忠告はちゃんと聞くべきだった。

「そうよ、もうっ！」

「す、すまんかった」

言い争いはアネスティリア優勢だ。

「あとこれももしかしてなんだけど、うちの店の常連だった？　たまに来る付けひげ丸出しのおじいさんで、私のお尻を触った客を杖でボコボコにしたりした？」

「………変装は上手かったろう。現にお前は今まで気付いていなかったし」

そう言われると何だか悔しく、アネスティリアは話をそらした。

「いっつも無口だったけど普通に話しかけてくれたらよかったじゃない。いくら駆け落ちを認めていなかったとしても、店に来ているなら認めているようなもんだし、どんだけ頑固なの」

アネスティリアが呆《あき》れると、祖父はそうではないと、呟いた。

「別人のように太っていたとはいえティアリアの存在に気付かれたくなかった。だから、他人として接して、儂は貴族のお忍びで知る人ぞ知る名店に通っているというふりをしつづけなきゃいけなかったんだ」

「どういうこと？」

「ティアリアは本当に美しく、それがあだとなったんだ。おそらく我が家に入った泥棒を雇ったのは……」

そのとき、玄関のノッカーがコンコンと音を立てた。

「あっ、ラザフォード様が来たわ！　後で続きを聞かせて！」

アネスティリアがいそいそと玄関に向かおうとすると、祖父がアネスティリアの手を掴んで邪魔をしてきた。

「待て、お前が行くでない。そこの階段の陰にかくれていなさい。若造にそう簡単に孫には会わせてやらんわ」

「私は今すぐ会いたいの‼」

「ええい！　わしに公爵とやらを見極める時間をよこさんか。ほれ、早く行け」

祖父に押し切られアネスティリアは仕方なく階段の陰に隠れた。

「どこのどなたか知らんが先触れも成しに無礼だとは思わんのかね？」

嫌味臭い言葉とともに祖父が玄関扉を開け、何故か固まっていた。

ラザフォードが格好よすぎて驚いているのだろうか。

アネスティリアはそっと顔を覗かせた。

(ジュゼット殿下?)

そこにいたのはラザフォードではなかった。

「やあ、ハッシュフォード伯爵」

「……ジュゼット殿下、お久しぶりでございます。王都に帰られていたとは存じませんでした」

さきほどまでの口げんかはどこへやら、苦虫を噛み潰したような表情をしている。祖父はジュゼットが苦手なのだろうか。

「一応、私はまだ女王の喪に服していることになっているからね。全く、死んでくれてせいせいしたよ。もう私は縛られる必要はないのだから。それで、とっとと帰ってきたのだが兄上が王都で遊んでいるとなると外聞が悪いからと、まだ、一応私はかの国の別荘にいることになっているんだ」

「そうでしたか。それは、……存じませんで」

祖父の緊張が伝わってくるようでアネスティリアは何だか嫌な予感がした。

「そんなことより、早速だが、君の娘をもらいたい。今度は王弟の妻になれるんだ、光栄だろう?」

君の娘——祖父の実の娘は母だけだ。だが、戸籍上はアネスティリアもまた娘だった。

「…………っ申し訳ございません、殿下。正式発表はまだですが、娘はイライアス公爵家に嫁ぐこと先ほどまでラザフォードを見極めてやるとうそぶいていた祖父の急な手のひら返しに、アネスティリアの心臓がバクバクと鳴っている。

何かが変だ、危険だと、頭の中で激しく警鐘が鳴っているのだ。

「お前、今、また、この私の申し出を断ったのか？　しかもあのイライアスの女狐《めぎつね》の差し金かっ！」

アネスティリアに対してだけは穏やかだったジュゼットの荒い気性。

祖父が心配で、でも出て行けば邪魔かもしれないと思うと動けない。

「申し訳ございません。ですが、既に決まったことです。孫はイライアス公爵家に嫁ぎます！　いくら殿下でも相手がイライアス公爵となると諦めていただくしかないはずです」

祖父は平身低頭とばかりに頭を下げ、それでいて強く宣言した。

（いったい、どういうこと？　何で私が殿下に求婚されているの？　親子ほど年が違う人なのに）

「一度ならず二度までもこの私を馬鹿にするのかハッシュフォードっ‼」

突然、祖父が殴られた。

「ぐっ‼」

目の前の光景が信じられない。

祖父は高齢だ。なのに、この人は殴った。

「この！」

更に蹴りまで入れようとし出してアネスティリアは飛び出した。

「お祖父さまっ！」

祖父を庇おうとかがもうとしたアネスティリアをしかし、祖父が叫んだ。

「逃げなさい！　アーネっ！」

横から伸びてきた手に抱きすくめられ、アネスティリアはもがいた。

「こんなところにいたのか、私の黒鳥」

だが、相手の力が強くて逃げられない。

「は、離してください」

「お待ちを、お待ちを！　この子はティアリアではありません！　アネスティリアです！」

踏ん張ろうにも簡単に引きずられ、立ち上がった祖父が追いすがってくる。

「五月蠅いっ！」

「アーネっ」

「お祖父さまっ」

祖父に両手を伸ばしたときだった。

「しつこいな！」

ジュゼットに再び祖父が蹴られ、体が吹っ飛び、チェストに頭を打ち付けた。

「やめて‼　お祖父様っ！　おじいさまぁっ！」

ときは少し遡る。

ラザフォードは侍従と入れ替わりにイライアス公爵家のタウンハウスを出発した。

ハッシュフォード伯爵はものすごい剣幕《けんまく》で婚約の許可どころかラザフォードが訪ねることすら許さなかったと言うのだから相当だろう。

一応求婚のために豪奢な服に袖を通したラザフォードだったが、いよいよアネスティリアの言うとおり攫う必要が出てきたなと思った。

「失礼、アネスティリア・ハッシュフォード伯爵令嬢のお父上とお見受けしますが、いかがでしょうか？」

そこで、目的の人物を見つけラザフォードは馬車を降りて声をかけた。

薄い赤毛の優しげな男性。彼が今日、通院することは病院側の人間に小金を握らせて知っていたのだ。

「おや？　確かにアネスティリアは私の娘ですが、あなたは？」

（似すぎだろう）

アネスティリア自身、父親似だと言っていたがそっくりがすぎる。なるほどアネスティリアが美人なわけである。母親は社交界の黒真珠、父親がこの目の前の男性なら、生まれる子はどうあがいても美人にしかならないだろう。

「ラザフォード・イライアスと申します。実はお嬢様に求婚をさせていただいています。よろしければ屋敷まで乗って行かれませんか？」

アネスティリアは父親ごと攫って欲しいと言っていたため、まずはアネスティリアの父親のネイトに話を付けようと考えたのだ。

突然の求婚宣言にしかし、アネスティリアの父親に戸惑った様子はない。

「……なるほど、いいでしょう。父のネイトです。よろしくお願いします」

できる限り笑顔を作ったが、ラザフォードは緊張していた。自ら馬車の扉を開け、進行方向に座ってもらい、ラザフォードはその逆に座った。

公爵と平民。本来ならば席順は逆だが、相手は妻の父、つまり義父となる予定の人だ。むげにはできない。

「ハッシュフォード伯爵に結婚を断られてしまいましたか？」

「はい」

苦虫を噛みしめながらした返事に、ネイトはふふふと笑った。

「娘のことが好きですか？」

ネイトは微笑み続けている。だが、目の奥は全く笑っていない。ラザフォードは目を合わせた。ここが正念場だ。

「愛しています。それにアーネ、いえ、アネスティリアさんも私が好きだと言ってくれています」

姿勢を正し、息を飲む。額から汗が噴き出た。公爵としていくつかの修羅場をくぐり抜けてきたが
それとはまた違う緊張があった。

「いいのですか、平民の血が入った子ですよ？」

「そのことで苦労をさせないとは言えません。口さがのない人たちに何か言われる日は絶対に来ます。

それでも、そう言った人には二人で戦いたいと思っています」

できることならばラザフォードは愛するアネスティリアを閉じ込めて全てから護りたかった。

だが、アネスティリアは強い。自分で戦うことができる。なんならラザフォードの心を護ろうとま
でしてくれるのだ。

ラザフォードがともに歩みたいと思うのはこの世でアネスティリアだけだ。

「…………なるほど。なら伯爵の説得も二人で頑張ってください。なに、見た目ほど手強《てごわ》い人で
はありませんよ。孫に甘いどこにでもいるおじいちゃんです」

驚いたラザフォードにネイトは今度は目を細め微笑んだ。

「一見、頑固な人に見えますがね。ちゃんとあなたが真心を伝えれば理解してくれる人です」

「そう、なんですか。アネスティリアさんから聞いた印象と随分と違います」

「娘はなにせ、思い込みの激しい子で」

「それは……わかります」

アネスティリアは初対面のとき、ラザフォードとレオリードの恋物語を作り上げたのだから。

「わかりますか。娘がご迷惑をおかけしています」

ふふふと笑ってネイトが軽く頭を下げた。

「……いえ」

全くです。とは言えなかった。

「ですが、多分、今ごろ二人は喧嘩しながらも仲直りしつつ喧嘩していると思いますよ」

ラザフォードは思った。アネスティリアの父親は一筋縄ではいかない人だと。

アネスティリアが帰宅して来る日なのに、外に出ていたのは二人でちゃんと話す時間を作らせるためだったのだろう。

(待て、何かがおかしい。確かに思い込みは激しいが、ちゃんと説明すればアーネは理解してくれる。もしかして、この人はわざと伯爵について黙っていたのか？　いや、そんなことをして何の得がある)

「失礼ながら、関係がお悪かったわけではないのですね」

疑問を振り払い、ラザフォードは質問を重ねた。

「事情がありましてね。妻には、縁談、いや、縁談と言っていいのかわからないのですが、打診があったんですよ。当時、他国の女王の夫の一人として婿入りが決まっていたジュゼット王弟殿下の侍女兼愛人として、ついて行くようにと」

「それは……」

酷い話だ。

祖国ではない地で、婿入りした男の愛人など、どれほど不安定な立場だろうか。女王の悋気《りんき》ひとつで死刑台にのぼることだってありえる。

どれほど愛していても、ラザフォードがジュゼットと同じ立場ならばそんな打診はしない。そんなことにならないように抵抗はするだろうが、どうにもならなければ、きっと死ぬほど、苦しく、この世の全てを恨むことにはなるだろうが、アネスティリアをおいていく。ほかの男と幸せになってくれと、血反吐《ちへど》を吐いてでも言う。

「当時、平民との結婚は苦労をすると交際に反対だった伯爵が、他国で愛人をさせるくらいならと我々を逃がしてくださったのです」

ネイトは優しく、それでいて想い出をたどるように寂しそうに微笑んだ。

「伯爵は元々権力とは縁が薄い方です。人付き合いが得意でもないですし、こうでもしないと王家からの打診をはねのけることは不可能でした」

なるほど、ジュゼットの母親だった側妃は亡くなっていたとはいえ、当時はまだ側妃の実家は前の当主の時代で孫のために女性一人の人生を歪《ゆが》ませるくらい不可能ではなかった。

「伯爵は矜持の高い方ですがね、あのとき、王家から来たご自身より身分の低い使者、ミルドナーク夫人に手を床について頭を下げられました。私とティアリアはまだ屋敷にいたというのに、娘はもうここにはいない。恥ずかしくてひた隠しにしていたがとうの昔に駆け落ちしてしまった、と」

なるほどアネスティリアがミルドナーク夫人に嫌われるわけだ。

ラザフォードはアネスティリアが上位五名に残ったときに拳を上げていたハッシュフォード伯爵に思いをはせた。

きっと今ごろアネスティリアと伯爵は仲直りをしているだろう。そうであって欲しい。

「それで表立って会うわけにはいかなくなったんですね？」

「そうです。堂々と交流していれば、いつかティアリアがジュゼット殿下のところに送られてしまうのではと、怖かったのですよ、我々は。ミルドナーク夫人はジュゼット殿下が婿入りした後も城で働いていましたから」

アネスティリアは母親が太っていたと言っていたが、もしかしてそれも、自分がティアリアだと気付かれないためだったのではとラザフォードは思った。

「とても重要なお話をありがとうございます。ですが、初対面の私にお話になっても良かったのですか？」

「初対面ではありませんよ」

「えっ？」

ラザフォードはネイトの顔をまじまじと見た。だが見覚えはない。

「覚えていませんか？　少し前に暴漢に襲われていた私を助けてくださったのはあなたですよ」

「あっ！」

そうだ、婚約者選定の儀が始まる前、妹に言われて、暴漢に襲われている見知らぬ男を助けさせられた。一人で複数人を相手取っているラザフォードを置いて、妹がとっとと馬車に被害者を乗せて病院に連れて行ってしまったので、顔など全く見ていなかった。

「あのときはありがとうございました。妹君は暴漢なんぞでは傷一つつけられないほどあなたは強いと仰っていましたが、心配していたのです。お元気そうで良かった」

「ははは」

ラザフォードの笑いは乾いた。よく覚えている、結局、忘れられて迎えに来てくれなかったので、暴漢を憲兵に引き渡した後、一人でとぼとぼ歩いて帰ったのだ。

しかし、あのときの暴漢は何故、金持ちには見えないネイトを狙ったのか。それもまた運命だったのか。

いや、たしかあのころジュゼットはもう国に帰ってきていたはずで、愛人にするつもりだった女性の死と奪った男のことを知り報復に、アネスティリアの父親を殺そうとしたのでは。

ああ、そうだ、そうに決まっている。

（嫌な、予感がする）

あの男はアネスティリアにも執着していた。

ただ単に奴も攻略対象者だからだろうと深く考えもしなかったが、違ったのだ。

黒真珠の娘。あの男にとってのアネスティリアの価値はそこだった。だが、アネスティリアは父親似だ。今は親切にしていたが、そのことでいつか加害される可能性だって……。

「そろそろ着きそうですね。伯爵の説得をがんば……」

窓の外をみたネイトが絶句しているので、ラザフォードも横から覗いた。

「お義父さんっ！」

馬車が動いている最中にも関わらずネイトが慌てた様子で下りようとするので、ラザフォードは御者に今すぐ止めろと合図を送った。

まだ止まりきっていないにもかかわらず、ネイトが降り、ラザフォードも続いた。

そこには額から血を流したハッシュフォード伯爵がふらつきながら屋敷から出てきていた。

「お義父さんっ！　どうされたんです、アーネはっ!!」

ネイトがハッシュフォード伯爵を抱え、矢継ぎ早に質問する。

「連れて……連れて行かれた。アーネが、……ティアリアではないと言ったが……連れて……」

ハッシュフォード伯爵はまるでうわごとを言っているようで段々と声が小さくなっていく。

「誰にですっ！　お義父さんしっかり！」

ラザフォードは割って入った。

「ジュゼット殿下ですね？」

「え？　あの人はまだこの国には……」

信じられないとばかりに目を見開いたネイトにラザフォードは首を横に振った。

「秘密裏に戻ってきています。そして、アネスティリアに異常に執着していた」

「そんなっ！　アネスティリアはどこに連れて行かれたかわかりますか!?　行かなければ！」

武器になりそうな物を周囲を見渡して探すネイトにラザフォードは告げた。

「恐らく王城の一角、離れかと」

王城に平民が入り込めるわけがない。ラザフォードでも簡単にはいかない所だった。

婚約者選定の儀が終わった以上、いくら公爵といえど、先触れもなしに入り込むには手続きに時間がかかる。

その間にアネスティリアがどんな目に遭うか、ネイトは顔を真っ青にさせていた。恐らくラザフォードも。だが、固まっている暇はなかった。

「迅速に行きます。アネスティリアの荷物はどこですか？」

◇◇◇

アネスティリアは手足を縛られ、声を出さないよう猿ぐつわもされていた。連れて来られたのは王城だった。

門番に助けを求めようとしたが、王弟の紋付き馬車は検閲されず、簡単に離れまで連れ込まれた。

そしてそこには、ミルドナーク夫人がいたのだった。

椅子にくくりつけられたアネスティリアは口と足は自由になったものの、髪を勝手に染め始められたのだった。

祖父は大丈夫だろうか。最後に見たとき、頭を強く打っていた。

「ヒリヒリして痛いです。やめてください。この状況がおかしいってわかっていますよね？」

アネスティリアは小声でミルドナーク夫人に話しかけた。

以前、アネスティリアが使っていたものよりずっと強い薬剤なのだろう。匂いが酷い。

「黙りなさい。殿下はお前をティアリアにすることになさったの。だから大人しくあの忌々しい女のふりをなさい」

髪を強く引っ張られながら、染め液を塗りたくられる。

母さんのふり？　どういうこと？

そういえば、お祖父様は求婚を断ってジュゼット殿下に二度目だと激怒されて殴られた。まさか、母さんも求婚されていたってこと。だから父さんと母さんは駆け落ちしたの？

「ジュゼット殿下を説得してください。あなたならば、こんなことは間違っていると言えるはずです」

ミルドナーク夫人の手はずっと震えている。間違っていると彼女はわかっているのだ。王族の乳母も務めた人だと聞いていたが、彼女はジュゼットの乳母だった。

「追い出そうとしたのにどこまでもしつこく居残ったのはお前でしょう！」

ミルドナーク夫人に憎々しげに言われ、アネスティリアはあれだけ嫌がらせをされていた理由にやっと合点がいった。教科書を捨てたのもきっとこの人だ。

平民が嫌いというのは勿論あったろうが、アネスティリアをジュゼットに近づけたくなかったのだ。

「まだかかるのか?」

風呂場に入ってきたジュゼットがミルドナーク夫人に声を掛けた。

「殿下っ!　私は母ではありませんし、イライアス公爵との結婚も決まっているんです!　こんなことやめ……」

ジュゼットと目が合った。その目はどこまでもぞっとするような暗い色をしている。

「五月蠅い」

近づいてきたジュゼットに頬を張られた。そして顎を捕まれる。

「大人しくしていろ、お前はもう声を出すな、声がティアリアと似ていないのだから」

ようやく、アネスティリアは理解した。

ジュゼットはアネスティリアをティアリアという名前の人形にしようとしているのだ。

彼が恋をした、美しい、だが手に入らなかった女性を今度こそ手中に収めるために。

(お母さん……)

怖くて、怖くて、孤独で、恐ろしくて、怖くて涙が出そうになる。

『腸が煮えくり返るほど怒っていても、嗚咽が出そうな程悲しくとも、表情には出すな。だからといって微笑むな。舐められる。ただ、目だけは強く』

ラザフォードの言葉が頭に浮かぶ。

そうだ、負けてはいけない。アネスティリアは毅然《きぜん》と顔を上げた。

「ティアリアは父の妻です。母は父を愛して、人生を全うして死にました。私はアネスティリア。母じゃない」

目はそらさない。殴るなら殴ればいい。顔が腫れれば、母の面影から離れる。

「このっ！」

だが、殴られることはなく、乱暴に椅子にくくりつけられた縄を外された。

「いやっ！」

踏ん張ろうに縛られたままの腕を掴まれ、男の力には叶わず連れ込まれたのは寝室で、ぞっとした。

男の寝室だという理由もあったが、それだけでは無かった。

「なに……これ」

◇◇◇

「ラザフォード君、大丈夫なんだね？　これで城に入れるんだね」

ラザフォードとネイト、そして怪我を負ったハッシュフォード伯爵は、カーテンを閉め切り馬車に乗り込んでいた。

ネイトがハッシュフォード伯爵の額を右手でハンカチを使い強く抑えさせている。左手には屋敷から持ってきたむき出しの包丁。その包丁は切れ味が良さそうにギラリと光っていて、おそらく普段彼が仕事で使っている物だろう。

その上、ネイトはラザフォードにハッシュフォード伯爵家の家紋が入った剣を渡してきた。

両方とも許可無く城に持って入るなど処刑されてもおかしくない代物で、つまりはラザフォードもネイトも覚悟は決まっているということだった。

そんな未来の義父の前で、ラザフォードは求婚のために着ていた式典用の豪奢な上着を脱ぎ捨て、アネスティリアのお仕着せに袖を通した。

「はい。先ほどお伝えしたとおり、入城してすぐ皇太子の執務室に向かってください。誰でもいい、皇太子本人でなくともラビィーネか側近さえ捕まえられれば、助けになってくれます」

本当ならば二人は置いていくつもりだったが、ネイトがついてくると言い張るので、押し問答をする時間が惜しかったのだ。

どのみちハッシュフォード伯爵は医者に診せなければならない。馬車で待ってもらった方が得策だろう。ネイトが誰か捕まえられれば、医者も手配してくれるはずだ。

ラザフォードはアネスティリアのお仕着せを着ていた。アネスティリアが持ち帰ってそのままにしていた鞄を漁《あさ》ったのだ。

ラザフォードではなく、アネスティリアに合わせて改造したお仕着せは何とか着られたが、今にもはち切れそうなほどきつく、体のごつさが隠しきれていない。喉仏も。

アネスティリアの鞄に入っているのは筆記用具と、以前染め変えした黒いワンピース、それにラザフォードがあげた髪飾り、そして化粧道具だけだ。

どうしたものかと周囲を見渡すもこれといった物はない。

「すまない、ティア」

ぼそりと、ネイトが何か呟いた。そして、揺れる馬車で化粧をしているラザフォードが止める間なく、包丁の切っ先でワンピースを裂き始めた。

「何をされて、それは形見で！」

染め変えた事実を知らないのだとラザフォードが声を上げたが、ネイトは裂ききってしまった。

「わかっているよ。でも、君は女性のふりをするには肩幅が広すぎるだろう？」

大きな黒いレースと化したワンピースはラザフォードの肩にかけられた。

「ありがとうございます」

ラザフォードは髪を結い上げ、髪飾りをつけた。

そうしている間に、馬車は減速し始めた。

旧家だけあってハッシュフォード伯爵邸と王城は近いのだ。

カーテンを片側だけ開け、窓からラザフォードは門番に微笑みかけた。

「これはこれはラビィーネ様。最終候補に残られたとのこと、おめでとうございます」

（よし、誤魔化《ごまか》せた）

「あれ、ラビィーネ様って、昨夜はお城から帰られなかったはず」

「昨日は人の出入りが多かったから、あの時間帯の奴が間違えたんじゃないか？　ほら、あいつ適当だから」

「ああ、そうだろうな」

うんうんと頷きあう門番達に、この城の警備は大丈夫なのかと心配にならないわけではないが、それどころではない。

そうして、城の門は簡単に開かれたのだった。

ラザフォードは兵士が見えなくなった瞬間、減速している馬車から剣だけ持って、お仕着せをたくし上げて飛び降り、そのまま走った。

「頼んだよっ、ラザフォード君っ！」

離宮の場所は把握している。

駆け抜けると、離宮を警備している二人の兵士が目を丸くしていた。

「ラビィーネ様？」

「最終候補に残ったことを、王弟殿下にご挨拶をしに来た！　そこをどきなさい！」

手を横に振り、大声を出すラザフォードに兵士達は困惑している。

「困ります、今は誰も通すなと殿下はおっしゃっていて」

「そうです、せめて先触れを。いや、なんですか、その剣は！」

止めようとしてきた兵士の手をラザフォードは掴んで、もう一人の兵士に向けて吹っ飛ばした。

「うわっ、なななななにを！」

抗議は聞いていられない。ラザフォードはそのまま離宮に乗り込んだ。

◇◇◇

アネスティリアは寝室で固まっていた。

母がいた。アネスティリアの覚えている母は太っていたが、目元は変わらない。

これは母だ。母の絵が、大量に壁に飾られていた。

絵の中の母はほっそりしていて、アネスティリアの状況などお構いなしに微笑んでいる。

なかにはジュゼットが描かせたものではなさそうな、おそらく祖父が盗まれたと言っていたものだろう。初めて見る祖母がいる家族の肖像画や、幼いころの母の無邪気そうな絵もある。

いや、絵だけではない、多分母の物だったであろうドレスやアクセサリーもある。

アネスティリアは今すぐに逃げ出したかった。だが、縛られた手を簡単に捕まれ、今度は指を見られる。

「ばあや！　次は爪だ。見ろ、ティアリアと全然違う。抜くか？」

「ひっ！」

ラザフォードに整えてもらった爪を抜かれるところを想像し、アネスティリアは身を縮めた。

「ああ、腹立だしい。目はティアリアと同じなのに、鼻が違う。ティアリアはもっと高かった！」

「王子、爪は形を整えれば同じになります。鼻も化粧でどうにかなるでしょう」

ミルドナーク夫人がジュゼットをなだめた。

この二人の関係はおかしい。

中年男を捕まえて何が王子だ。いや、王子ではあるのだが。

乳母ならば、間違っているとわかっていることがあれば、同調せずにいさめるべきだ。

「化粧では駄目だ！　落とせば元に戻ってしまうじゃないか！　何故わからない！」

化粧以外にどうするというのだ、それこそ何故わからないのか。

「所詮、お前は裏切り者か」

ジュゼットがミルドナーク夫人の肩を強く押した。

「王子っあのときは、息子が病気で婿入りされる王子について行くことは叶いませんでしたが、今は違います。ずっとおそばにおりますっ！」

「息子が死んだからな」

馬鹿にするかのような物言いに、アネスティリアは思った。母親が自分を優先してくれなかったから拗ねている子供なのだと。

「綺麗な人ですね、私の母は」

アネスティリアは苦心して落ち着いた声を出し、壁に掛かった母の絵画を一つ、縛られたままの手で外した。

アネスティリアが覚えている丸々とした母ではない、絵の中の美女。どこか寂しげで、きっとこれは祖父が描かせたものではないだろう。

「今日から君はこのティアリアになるんだ。光栄に思え」

満足げなジュゼットの言葉に、アネスティリアは目を閉じた。

怯える必要などない。こんなつまらない、この程度の男の何を怖がるというのだ。

アネスティリアがラビィーネの言うひろいんというものならば、本当にこの世界の主役ならば、諦めなんて不要。

ここで戦ってこその主役なのだから。

『愛しているなら貫かなくちゃ』

母の言葉。今やっと本当の意味がわかった、愛を貫くには戦えと。そういうことだったのだ。

運命ではないかもしれない恋。でも、ラザフォードはこの恋を自分の手で運命に変えると言った。

ならば、アネスティリアも運命をつかみにいかねば。

「思うか、バーカっ！」

「王子っ！」

次に目を開いた瞬間、絵画を武器にしてジュゼットの頭上に叩きつけた。

絵の中で微笑んでいた華奢な母の顔は衝撃で破れ、ジュゼットの体を戒めた。

（こんなの私の母さんじゃないっ！）

母はこんなすました顔をした美女ではない。

一人ぼっちで寂しい絵の中の美女は、絶対に母ではない。

いつも大口開けて笑っていて、父と新婚のようにずっと仲が良くて、料理は下手で、掃除も整理整頓もあんまり得意じゃない。でも、裁縫は得意で、母が作った服が自慢だった。

母は家族を愛していた。

そうだ、どんなときだって、いつだって母に愛されていた。

大好きだった、いや、今も大好きなアネスティリアの母親。

母さん、母さん、今、あなたに会いたい。

「母さんはあんたのものにはならない！　一欠片《ひとかけら》も、あんたには手に入らないっ！」

「この女っ！」

額縁を外したジュゼットはしかし、そこまで攻撃が効いていなかったのかアネスティリアの首を絞めた。

「似てない、似てない！　似ていないいっ！　どこがティアリアだ。ティアリアはこんなことしないっ！」

「す……するっ、か、かあさんは。する！　そんなことも……わかん、ないの」

そう、母は豪傑な人だったのだ。アネスティリアを護るためなら箒で戦うくらい。

「王子、駄目です！　いくらあなたさまでも……！」

息が苦しい、呼吸がうまくできない。

母さんが生きていたら今ごろ、私の娘に何するのって、あんたなんかボコボコにしていたと、言ってやりたかった。

意識が遠のいていく、目がかすむ。

ミルドナーク夫人がジュゼットにすがりついているのが目の端に映った。

「困ります！　ラビィーネ様ッ！」

「ラビィーネ様、止まってください！」

何事だろうか、外が騒がしい。

「アーネ！　アネスティリアっ！　そこにいるのかっ！」

ラザフォードの声が聞こえる。ずっと聞きたかった声。声を出したいのに、出ない。

「止めて、王子を止めて！」

ミルドナーク夫人が叫んですぐ、寝室の扉が吹っ飛んだ。ラザフォードが蹴ったのだ。

怒りに眉を逆立たせたラザフォードはお仕着せを着ている。ラビィーネのふりをして乗り込んできたようだ。

美女の姿をしながらも、手に剣を持ち、怒りに眉を逆立たせたラザフォードがそこにいた。

「また邪魔をしに来たな！　イライアスの女狐っ！」

ラザフォードとラザフォードを止めきれなかった兵士にジュゼットの注意が行っている間、アネスティリアはもがいて、逃れた。

だが立つこともできず、へたり込んで咳《せ》き込む。

「コホッ、ゴホッ」

「これは一体？」

ラザフォードを止めようとして付いてきた城の兵士が目を丸くしている。

縛られたアネスティリアが髪を染められて首を絞められ、部屋中に大量に女の絵が飾られている状況など確かに部外者には意味がわからないだろう。

「お前、アーネを殺そうとしたのか」

ラザフォードが怒りのままに肩を前後させ、ジュゼットに近づいていく。

「まっ、待って！　相手は王族っ！」

「ちょっ！」

アネスティリアが止める間もなく、ラザフォードがジュゼットを殴り飛ばした。

「ラビィーネ様、なんてことを！」

兵士がラザフォードを取り押さえようと動こうとしたので、アネスティリアは手を伸ばして兵士を止めた。

いかにも被害者であるアネスティリアの姿に、兵士は戸惑っている。

とはいえ、相手は王族だ。いくら公爵といえど……。

「っっっ！　お前っ、よくも私を殴ったな！　王族を害したんだ！　必ずお前を稀代《きたい》の悪女として処刑台に上らせてやる！」

「できるもんならやってみろっ！」

そうして、ジュゼットの胸ぐらを掴んでもう一発。

「ラザフォード様っ、お願いやめて！」

アネスティリアは処刑台に連れて行かれるラザフォードをまざまざと想像し、慌てて声を上げた。

するとラザフォードはアネスティリアに首だけ向け、優しく微笑んだ。

「心配しなくて良い。王家がこいつのためにイライアス公爵家との全面戦争を選ぶことはない。その兵士達が力尽くで止めてこないことが良い証拠だ。彼らは王家のお荷物のために公爵家の人間に向かって剣を抜いて良いのか判断がつかないんだ」

「ラザフォード様？」

ラザフォードの笑みに危うげなものを感じアネスティリアが名前を呼ぶもラザフォードは再びジュゼットに向き直った。

「アーネの父親から聞いた。あんた、アーネの母親に惚れてたらしいな。母親が駄目なら娘をとは、ずいぶんと節操がない。両方別の男に奪われた気分はどうだ？」

ラザフォードがあざ笑いながら、ジュゼットの返事を必要としていないかのようにもう一度、今度は蹴った。

「ぐっ⁉」

そして、ジュゼットへの殺意を隠すことなくゆっくりと剣を抜いていく。すると流石に兵士達も己の剣に手を掛けた。

「待って！　待って！」

もはやアネスティリアの声は悲鳴交じりで、ジュゼットもようやく己の命の危機に気づいたのか、座り込みながらも手と尻で後ろに移動していく。

「やめろ、お前達、早くこいつを止めろ！」

「ラザフォード様、やめて！」

アネスティリアはようやく立ち上がりラザフォードの背に体を預けた。

「お願い、私は大丈夫だから。あなたの今後の人生が不利になるようなことをしないで」

振り向いたラザフォードがアネスティリアの目を見て、ふ――――っと息を吐いた。

「……流石にハッシュフォードの家紋入りの剣で殺すのは伯爵にご迷惑がかかる、か」

そう言ってラザフォードはカチンと音を立てて剣を鞘《さや》にしまった。

そして、アネスティリアが無事であることを確かめるように背中に手が回る。

「アネスティリア、怖がらせて悪かった」

「いいんです……いいんです」

思いとどまってくれてよかったと、アネスティリアは安堵し、どれほど抱きしめてもらったことだろうか、殺されないと理解した様子のジュゼットが声を上げた。

「このっ！　王族を害したんだ！　皇太子妃になれると思うなよ！」

「いいえ、わたくしが皇太子妃になりますわ」

その声は高く、それでいて意志が強く、決意があった。

本物の、ラビィーネ・イライアス公爵令嬢が現れたのだ。

硬くコテが当てられた巻き髪に、華奢な体。美しい扇子を口元に持ってきている。

「……これはどういうことです、か？」

兵士がラビィーネと女装したラザフォードを交互に見て困惑していた。

「つまり、ラビィーネが僕の妻になると言うことだよ」

今度はレオリードが部屋に入ってきて、ラビィーネの腰を抱いた。後ろから父とウルティオとバルバトスも顔を出してきた。

「なるほど？」

にっこりと微笑むレオリードに兵士は頭を下げた。

「君たちはもう行って。王族の恥だ。内々に済ませたい。他言無用だからね」

「はっ、畏《かしこ》まりました」

レオリードの言葉に兵士達はウルティオに伴われて出て行った。

ラザフォードがアネスティリアの縛られた手を外してくれ、その間に父が駆けつけ、アネスティリアを抱きしめた。

「アーネっ」

アネスティリアは父の胸に頭を押しつけた。今更になって体が震え出す。

「さて、叔父上、随分とおイタが過ぎますね。女性を縛るご趣味があったとは。わかりますよ、私もラビィーネを縛り付けたくなることは多々ありますから。同好の士というやつですねぇ」

「なっ！　何を言うのレオ！　それに今はそれどころじゃないでしょう！」

ラビィーネが顔を真っ赤にしながらレオリードに詰め寄った。

「お前まで邪魔をするのかレオリードっ！」

「うーん、僕は、別に積極的に叔父上の邪魔をするつもりはないですよ」

「駄目よ！　あの子を助けないなら私もうあんたと口を利かないからね！」

ラビィーネの子供のような脅しにレオリードはにへらと相貌を崩した。

「だ、そうです。長年恋い焦がれて、やっと婚約に納得してくれたラビィーネの命令です。すみませんが、叔父上。お会いするのは今日これが最後ということで。生涯幽閉されてください」

「何を……」

「わかりますよ。叔父上は長年連れ添った女王を亡くされ、ご乱心なんですよね」

「違う、あんな女のために何故この私が！　私が愛するのは生涯ティアリアだけ！　ぐっ！」

その瞬間、ラザフォードがジュゼットの腹を強く殴りつけた。あまりに強かったのだろう、あっさりと気絶した。

「レオリード。こいつにはイライアス公爵家の威信にかけて処刑台に上ってもらう」

「ラザフォード様！」

思いとどまってくれたと思ったのだが違ったのだ。アネスティリアの目の前で殺すのをやめただけだったのだと気づき、声を上げるとレオリードがえーっと声を上げた。

「勘弁してよ。これから僕とラビィーネが結婚するって言うのに、王家と公爵家で全面戦争でもするつもり？」

「ああそうだ。お前とて容赦はしない。勿論、ラビィーネとの結婚も認めない。アネスティリアを殴り、ハッシュフォード伯爵も大怪我だ。お義父さんを殺そうとした疑いもある。殺してやらなきゃ気が済まない」

「それは困るなぁ」

ラザフォードとレオリードの会話でアネスティリアはこの場に祖父がいないことに気付き、抱きしめてくれている父に尋ねた。

「お祖父様は⁉」

「大丈夫。意識はあるよ。ロードさんがついてくださっている」

「……よかった」

レオリードが軽く手を叩いた。

「うーん、まあいっか。いいよ、あげる。煮るなり焼くなり油で揚げるなり好きにしなよ。どのみち叔父上はこの国にまだ帰ってきていないっていう設定だし？　女王陛下の喪が明けた後、帰国の道中で馬車が事故って死んだことにしようか？　それでいい？」

「……いいだろう」

「二人とも、馬鹿なことばっかり言わないでちょうだい。ラザ、あなたの可愛い恋人は流石にこの屑《くず》に死なれたら気に病むんじゃないかしら？　それと、私の結婚について、指図は受けないわ」

ラヴィーネの意見にアネスティリアは全力で頷いた。好きか嫌いかで聞かれると大嫌いであるが、それでも自分と関わったせいで死んだとなると寝覚めが悪い。

どこか一生関わりのない場所で生きて欲しい。

「本当にそれでいいのか？　怖かったろう？　酷い目に遭ったんだ、遠慮しなくていい」

ラザフォードがアネスティリアの頬を撫でようとし、父と目を合わせて気まずげに手を引っ込めた。

「いいえ。私、平気でした。だって、ラザフォード様が迎えに来てくださるって信じてましたから」

「……アーネ」

アネスティリアは父の腕の中から出てラザフォードに抱きついた。

思いっきり見られているが、そんなことどうだっていい。

今、抱きつきたかった。今、抱きしめて欲しかった。今、愛していると言って欲しい。

「生きてくれていてよかった」

「はい」

後ろから父の深いため息が聞こえた。それでも、ラザフォードはアネスティリアを抱きしめた。

「アネスティリア、髪を洗おうか？」

髪にラザフォードの手が触れた。薬剤が手についてしまっただろうにそれでもラザフォードはアネスティリアの頭を撫でてくれる。

「アネスティリアさんはこの部屋のお風呂場はいやなんじゃない？　兄さんが使っていた私の居室を使うといいわ。どのみち、私はあの部屋使わせてもらってないし」

「は？　レオリード、お前まさか……」

ラザフォードが眉を寄せるとレオリードがゲッ、面倒くさい、という顔をした。

「はいはいはいはい、はやくお風呂に入れてあげてー」

「そうさせてもらうが、この話は後で聞く」

人のことは言えないはずのラザフォードに抱き上げられ、アネスティリアは素直に首の後ろに手を回したのだった。

◇◇◇

「こんにちはジュゼット殿下」

その男は王城の地下にある貴人用の牢《ろう》に捕らえられたジュゼットの前に出た。

連れてきたのはラビィーネだ。

さきほど、ラビィーネがレオリードを訪ねようと執務室を訪ねたとき、包丁を持ったヒロインの父親がとかち合って、とても焦った。これはどういうルートだと。

レオリードの専属騎士が臨戦態勢に入り、どうなるかと思ったときに彼が娘を助けてくれと叫んだため、事なきを得、包丁は執務室に置いてきたのだ。

あのときと比べるとヒロインの父親はずいぶんと落ち着いて見えた。

レオリードは今後のことを王と相談しており、ラビィーネはヒロインの父親のことを任されていた。

それで、娘を誘拐した奴とゆっくり話したいと頼まれ、ラビィーネはつい了承してしまったのだった。

「誰だ？」

「嫌だなぁ。自分が殺そうとした人間の顔も知らないんですか？　僕はアネスティリアの父親で、かつてのあなたの恋敵ですよ」

「っ！」

アネスティリアの、いやこの物語のヒロインの、本来ならば死んでいたはずの父親は、中腰になり、牢に顔だけ近づけた。

先ほどまでの温厚そうで、娘を案じる父親でしかなかったはずのその姿は、どこにもない。

そこには笑顔を浮かべていながらも、娘を殺されかけたことへの怒りに支配されている父親の姿があった。

「覚えていますよ。あなたがティアリアに惚れたときのこと。あれは貴族のために開放された庭園でしたねぇ。風で飛んだ帽子をあなたが拾って、ティアリアが振り向いた、あのときですよね？」

何を言い出すのだと思ったが、ラビィーネは口を挟めなかった。

「私はティアリアの従者のふりをしていましたが、あれ本当は、私とティアリアが初めて二人きりで出かけた日だったんです。ティアリアはあなたのことなどすっかり忘れていましたよ。その後すぐに、あなたにありがとうと微笑んだ唇を私に奪われたので」

「っ！」

「ああそれに、後々、あなたのことが気持ち悪かったとも言っていました。現王の婚約者選定の儀の間、私のために閉じこもっていたティアリアの元に何度も何度も会いに行ったそうじゃないですか。相手は王子様だから無碍《むげ》にはできなくて面倒だったとぼやいていました。しかも、あなた、ティアリアが閉じこもっているのを自分のためだと思い込んでいたとか？」

ヒロインの父親はジュゼットを嘲笑った。心底愉快そうに。

ジュゼット・バンス・エストーニャ。

設定では、両想いだったヒロインの母親との恋が叶わず国外への婿入りを強要され、ヒロインの母親はあの方と結ばれないのなら誰でもいいとやけになって、そちらから口説いてきたという理由だけで、平民の元使用人と駆け落ちする。

その後、ヒロインの父親となる元使用人は事業を興し、一時は裕福な暮らしをするもヒロインの母親は娘を産んですぐ事故死してしまう。そして、物語の始まる直前にヒロインの父親は事業を失敗し破産。そのあくどい商売を憎んだ暴漢に襲われて死ぬ。

そうして、ヒロインはハッシュフォード伯爵の養子に入り、女王の死により国に帰ってきていたジュゼットとヒロインは婚約者選定の儀で出会うのだ。

初めは初恋の女性の面影を残したヒロインに優しくするだけだったが、二人で会話していくうちに、どんどんヒロイン自身に惹《ひ》かれていって……。ジュゼットルートはそういうストーリーだったはず。

だが、目の前のジュゼットはどこまでもヒロインの母親しか見えていなかったのだ。

「お前、殺してやるっ！」

「どうやって？　あなたは今、牢屋《ろうや》にいるんですよ。しかも、国外追放になるとか？　大変だぁ。これまで王子様として傅《かしず》かれて他人に生かされてきた人が、どうやって生活していくのか見物できるならしたいですよ」

ラビィーネもわかっていた。

ジュゼットは追放された先で、良くて誰かのヒモか男娼《だんしょう》。悪くて野垂れ死にだと。それくらい地位と顔以外何もない人なのだ。

だから、殺すと強硬に主張していたラザフォードもそれで手を打った。

「頑張ってくださいよ、王子様。なに、私の妻も貴族から平民になりましたが、毎日それはそれは愉快に暮らしていましたよ。私の腕の中で、ね」

「殺してやる！　絶対に、殺してやるっ！」

「いつでもお待ちしていますよ。そのときは平民同士。そして、同じ女を愛した男同士、私もあなたを殺すつもりです」

ヒロインの父親は急に真顔になり、殺意を隠そうとしなかった。

そうして、その男はラビィーネにむき直った。元の優しげな微笑みを浮かべながら。

「騒々しい思いをさせてすみません。お時間をありがとうございました」

「い、いえ！」

促され、殺してやると叫んでいるジュゼットを背に地下牢《ちかろう》から出て行く。

「あの……あんなに煽って大丈夫なんですか？」

「うーん、大丈夫では、ないですねぇ。でも、まあ、もし奴がこの国に帰ってくることがあったとしても真っ先に狙うのは娘ではなく私になるでしょう？　親心ですよ。それに私は今から鍛えるつもりですから」

力こぶを作るネイトに、ラビィーネはやっとふふふと笑えた。

「体を鍛える器具ならいくつか持っていますの。嫁に行くのに全部は持っていけませんからよかったら親族になる記念に気に入られた物は差し上げますわ」

そう、ラビィーネは体を鍛えていた。いつか自分の運命を変える日が来るかもしれないと思って。

「助かります。ああそれと、あのとき助けてくださってありがとうございました。妻にあっさり病死されてしまい、正直に申しますと、娘は義父が面倒を見てくれるだろうし、先に妻の元へ向かうのも悪くはないかなーと、思ってしまったのですが、あなたとラザフォード君に助けていただけて良かったです」

「当たり前のことをしただけですわ」

誰かが死ぬ運命を知っている以上は助けなければと思ったのもあるが、そうすればヒロインはハッシュフォード伯爵家へ養子に入らず、婚約者選定の儀には参加しないかもしれないと期待していた。

だが、結局はヒロインはハッシュフォード伯爵の養子に入り、運命は変えられないのだと絶望し、婚約者選定の儀に参加せず、逃げて閉じこもることを選んだけれど。

未来はあのときちゃんと、変わっていたのだ。

「それにしても、まさかアネスティリア様が私の兄と恋に落ちるだなんて思ってもみませんでした」

「身分違いですね」

穏やかに微笑むネイトにラビィーネは慌てて手を横に振った。

「いえ、そういう意味ではなく。私、アネスティリア様がレオリードと恋をすると思っていましたの」

ファンの間ではチョロ王子と呼ばれていたレオリードはたとえヒロインがどのルートを選んでも登場し、ちょっと好感度をあげるだけであっさりとヒロインを好きになるのだ。

ちなみに兄のラザフォードはヤンデレ公爵と呼ばれていた。だが、ラザフォードは今、ヤンデレていないように見える。意外だ。

「それが王道ルートですからねぇ。いやあ、油断しました。ジュゼットは妻と恋仲にならなかった時点で、そもそも登場してこないと思い込んでいましたから」

「えっ？」

「皇太子妃ではなく、ヤンデレ公爵ルートを選ぶだなんて娘が心配ではあったのですが、彼の運命も変わり、ハッピーエンドになったようで安心しました」

「えっ、えっ？」

「娘に寝物語変わりに歴史を読み聞かせたり、平民だから必要ないとしぶる妻を説得して行儀作法を教えてきた、これまでの苦労が報われましたよ」

にこにこと微笑んだままのヒロインの父親にラビィーネは目を白黒させた。

「えっ、えっ、えっ？」

「ラビィーネ・イライアス公爵令嬢。あなたの物語はハッピーエンドになりましたか？」

「え、ええ」

（この人、誰？）

目の前にいる『ヒロインの父親』はいったい何者なのだろうか。

「……あなたは、いったい」

ラビィーネはごくりとつばを飲んだ。

「亡き妻を愛し、娘を愛する、どこにでもいるただの父親ですよ」

そう言ってヒロインの父親はどこまでも穏やかに微笑んだのだった。

◇◇◇

浴槽に溜まったお湯は温かい。ラザフォードの世話のために城に来ていたエリザがそのままラビィーネの世話をするため残っていたので、助け出された後入りたいだろうと、準備してくれていたのだ。

つくづく気が利く人である彼女はラザフォードに抱き上げられて居室に帰ってきたアネスティリアを見て、よかったと泣いてくれた。

「アーネ、力を抜いて」

大きな桶《おけ》を持って勝手に入ってきたラザフォードが浴槽の端に膝をつき、髪を洗い初めた。

「あ、自分でするので、ラザフォード様は着替えてきてください」

本意ではない格好をしたままであるラザフォードのため、エリザが馬車までラザフォードの服を取りに行ってくれている、だから風呂の外で待っていてくれれば良いのにあっさりと拒否された。

「俺がアーネから離れたくないんだ」

頭皮についた染料を落とすため、大きな手が頭をやさしく揉んでいく。

アネスティリアは気持ちよさに陶然としていた。

緊張でいつの間にか凝り固まっていた体がほどけていく。

「首は痛むか？」

「大丈夫です」

「他にはなにかされたか？」

「いいえ」

連れて行かれたときに強く掴まれたうえ、縛られていたせいで赤くなっている腕を隠すように手で覆った。

だが、ラザフォードにはお見通しだったのだろう。しっかりと見られている。

そもそも、ラザフォードはアネスティリアの被害状況を把握するために入ってきたのだ。

「あいつ、やっぱり殺してやる」

手を止めて立ち上がったラザフォードにアネスティリアは振り向いた。

「それより傍にいて欲しいです」

「……」

上目遣いで告げると、ラザフォードはストンと膝をついて、再びアネスティリアの髪を洗い出した。

目を閉じて、唇をちょっととがらせ口づけを要求する。

そうすると、ラザフォードが上から覆い被さってきて軽く落とすだけの口づけをくれた。

唇が離れていったため、アネスティリアは浴槽にぶくぶくと頭まで浸《つ》かった。

髪をごしごしと洗うと、頭皮がヒリヒリしなくなったので染料は落ちただろう。

「……髪の毛、変な色になっちゃいました」

浴室の曇った鏡を拭き、そこに映るアネスティリアの髪は染め初めてすぐ洗ったからだろう、染料を塗られた部分がムラになり黒くなっているところや、一部濃い緑がかったような変な色になっているところもある。

「意外と似合っていると思うが、アネスティリアが染め直したいのなら、手配する」

絶対に似合っているわけがないのに、ラザフォードのお世辞にアネスティリアは笑った。

「……そうしてくださいますか。元の色に戻れば良いんですけれど……」

そう言った瞬間、ぽろりと涙がこぼれ落ちそうになり、俯いた。

だがラザフォードが見逃してくれるわけもなく。

「遅くなって悪かった」

「ううん、迅速でしたよ」

場にそぐわない迅速という言葉にアネスティリアはふふふと自分で笑った。

「アネスティリア、愛してる」

腕の中に入れられ、素肌をぎゅっと抱きしめられる。

「私も、愛しています」

どちらともなく、唇が合わさる。アネスティリアは胸をラザフォードに押しつけた。

ラザフォードの首の後ろで緩く手を組む。

「アーネ、アネスティリア、駄目だ」

拒むように、それでいて熱のこもった声でラザフォードはお義父さんたちが待っていると言った。

「そうですね、迅速に戻らなきゃ」

「この」

額が合わさり、また口づけた。

「アネスティリア、アーネ、閉じ込めてしまいたい。君の父親に、公爵家に嫁げばアーネは苦労するだろうと言われて、俺は、その言葉を肯定することしかできなかった」

「はい」

「でも、アネスティリアが他の誰かのものになるだなんて耐えられない。今日みたいなことも二度と起きて欲しくない。だから……、社交なんか一切しなくていい。家の切り盛りもしなくていい。楽しいことだけをして、お義父さんも、我が家に来ていただいて、毎日、俺の横で幸せでいてくれれば、

「それで……」

アネスティリアはすぐさまに反駁はしなかった。

ラザフォードとてアネスティリアが攫われて怖かったのだと思ったから。

「アーネ、アネスティリア、俺が怖くはないか？」

「何故、ラザフォード様を怖がらなきゃいけないんですか」

「……俺は、あいつと同じだ。アーネが手に入らないのなら無理矢理にでもと考えたことがある。きっとあいつと同じくどんな手でも使っていた。それにもしも、アーネと引き剥がされたら、娘に興味は持たないとは思うが、物を盗んで、いや、そんなことをするくらいならいっそ、アネスティリアを攫って……」

アネスティリアは苦しそうなラザフォードの背中を優しく叩いた。

「それ、いいですね。そのときは私たちも駆け落ちしましょう。ラザフォード様にはなかなか平民の生活は難しいと思いますので、私がドーンと養って差し上げますからお任せください！」

「……馬鹿なことを。そうなれば俺が肉体労働でも何でもしてアネスティリアを養うから、家にいてくれ」

「駄目です。私にもちゃんとラザフォード様の幸せを支えさせてください。ラザフォード様の幸せが私の幸せです」

「っ、アーネ」

唇がもう一度重なる。

今度は舌を絡め、熱を持って。

戻らなければならないとわかっているくせにラザフォードの手がアネスティリアの背中に回され強く抱きしめられる。

アネスティリアもラザフォードの背中に手を回し、隙間がないくらい強く抱きついたが、唇が離れてしまった。

「んっ！」

ラザフォードの瞳が情欲に濡れ、アネスティリアのガウンの間に手が入っていく。

アネスティリアとしても異論はなかったので、ラザフォードの首の後ろに手を回した。

首筋に口づけられ、耳朶《じだ》をはまれる。

ぴくり、と震えると、ふっと耳に息を吹きかけられた。

「あっ……」

「アーネ、可愛い、俺のアーネ」

幾度となく可愛いと言われてきた。ラザフォードはアネスティリアを美しく見えるように指導してきたというのに、本人はアネスティリアに対して美しいより可愛いと褒めるのだ。

でも、それが嫌でなかった。

アネスティリアはラザフォードを誘い込むように片膝を上げ、女装したままであるラザフォードの外ももを内ももで擦った。

それが合図になったのだろう。ラザフォードの指がアネスティリアの足の間に入り込み、だが、中心には触れず、足の付け根を撫でられた。

「んっ」

お腹が熱い。ジクジクする。まるでラザフォードにこれからされることを体が期待しているかのようだ。

「アーネっ」

壁に背をつけさせられ、ラザフォードが体をかがめてアネスティリアの胸を甘くはんだ。アネスティリアの体はそれだけでビクビクとしなった。

「ああっ、んっ」

浴室に己の声が響き、アネスティリアは手で口を覆った。

だが、それが気に入らなかったのだろう、ラザフォードは意地悪そうに眉を上げたときだった。

コンコンコンコンコンコンコンコン！　と、ものすごくはやいノックが響いた。

「ラザフォード様のお目付役のこのエリザ、ただいま戻りましたよ！」

エリザの声だ。ラザフォードが慌てた様子でアネスティリアにガウンを羽織らせた。

そして、浴室から出た二人は腕を組むエリザに顔を伏せたのだった。

第七章

「アーネ、綺麗だよ。ねえ、お義父さん」

「そうだな」

結婚式場の控え室、父がアネスティリアを褒めたが、祖父は腕を組んで不機嫌そうだ。

「お義父さん、アネスティリアが早くに嫁に行って寂しい気持ちはわかりますが、ちゃんと思っていることは伝えてやってください」

父はふふふと笑って祖父の背中を優しく叩いた。

「…………その、本当に綺麗だ。ティアリアが駆け落ちをしたときのことを思い出す。白い、真っ白なワンピースを用意してやったんだ。汚れるのはわかっていたが、それでも、せめて、それくらいは、と」

「っ、もう、せっかくラザフォード様に化粧をしてもらったのに泣かせないでよ」

真っ白なワンピース。アネスティリアが泥で駄目にして、ラザフォードが染め変えてくれた。

結局、ラザフォードの女装を誤魔化すため、父が裂いたと後で聞いた。

母が大切にしていた、凄く綺麗なレースのワンピース。

駄目になって、悲しくなかったと言えば嘘になる。

でも、父が裂いたのはアネスティリアのためだったし、ラザフォードが図案を考えて使える部分を再利用して新しく作り直してくれた。それになにより、想い出はちゃんとある。

ふくよかな母が自分の体に沿わせてもう着られないと笑いながら、いつか好きな人ができたら着なさいと言っていたワンピース。

好きな人の前でちゃんと着ることができた。

「こっ、こんなことで泣くな！」

母だけじゃない、父の記憶も、祖父の想いもこもっていたのだと考えると、どうしても目は潤んだ。

「これはどう考えてもお祖父様のせいでしょ？」

アネスティリアの言葉に祖父は、お前が勝手に泣いただけだとぶちぶち言い返してきた。

「二人とももう、こんな日まで言い争わない。どこの世界に式で喧嘩する新婦と親がいますか」

父が間に入ってきた。

やれやれと両手を腰に当てている。体はすっかり癒えたのだ。

元いた港町は、人が多いところの方が良いだろうと駆け落ちのために転居しただけで、親族がいたわけではない。

ラザフォードに今後の生活について聞かれて、気を遣われる前に、父は港町には帰らず、王都で屋台でも開く予定だと言っていた。

幸いラザフォードが頑張ってくれてレオリードから王家の責任として父の怪我の療養費として賠償

金をふんだくってくれた。

だからそのお金を充てて一人でも切り盛りできる小さな屋台を買うらしい。

食べに来るのはいつでも大歓迎だよと、父は笑っていた。

とはいえ、アネスティリアは王都の家賃は高いので稼がなくて大丈夫なのかなと心配になったが、なんと、このまま祖父の家に居候を続けるそうだ。

返ってきた家族の絵と母の物を囲まれて、祖父と面白おかしくときに喧嘩しながら暮らすから、お前は何も心配せずに嫁ぐと良いとアネスティリアの頭を撫でてくれた。

「そのことだが……。本当に儂でいいのか？　お前だって……」

「いいんですよ。アーネが公爵家に嫁ぐ以上、ハッシュフォード伯爵が後ろ盾であることを知らしめた方がいいですし。お義父さんにおかれましては苦手だからこれ幸いと敬遠されていた社交にもこれからは力を入れていただくことですしね」

「うっ」

なんてことはない、父と祖父は仲が良い。

「……ティアリアとは二人きりで小さな式を挙げました。お義父さんに頂いたワンピースを着て、私と腕を組んで。だから……」

今度は父がほろりと涙を堪えるように上を向き、祖父を見ると鼻の穴を広げて泣くのを我慢していた。

「……もう行くぞ、アネスティリア」

「はいはい」

新婦をおいていこうとする祖父の腕にアネスティリアは苦笑しつつ手を絡め、控え室を後にした。


パイプオルガンの荘厳な音。恭しく開かれる扉。ずらりと並ぶ貴族達。

今後が怖くないと言えば嘘だ。

それでもアネスティリアはラザフォードと歩むと決めた。

近頃、アネスティリアはイライアス公爵家に嫁ぐという意味をよくわかっていなかったと反省することも多い。

ジュゼットを殴り飛ばしたときは、ラザフォードが不敬罪で死刑になるのではと怖かったが、あの事件は結局、アネスティリアが国王に弟の不始末を直接謝罪されただけで秘密裏に終わったのだ。

ただ、祖父は言っていた。アネスティリアがラザフォードの婚約者でなければ、社交界から遠のいて久しい祖父では力及ばず、無理矢理にジュゼットに嫁がされて終わっていたかもしれないと。

ぞっとしたとともに、実感した。

イライアス公爵家と事を構えるくらいなら、王弟一人いなくなってもかまわないとまで王家が考えるほどに地位の高い家に嫁ぐのだと。

ジュゼットはレオリードが言っていたとおり、新聞発表では女王の喪が明けて国に帰ってくるときに事故に合い、死んだことになった。

実際は国外追放されどこかで生きているらしい。

母への恋慕だけを支えに望んだわけではない異国の地で一人ぼっちだったのだと考えると、彼が歪んだのもわからなくはなかった。

でも、今度はミルドナーク夫人がついて行くらしい。

ジュゼットを止めようとしてくれたとアネスティリアが証言したことでミルドナーク夫人は沈黙を条件に蟄居《ちっきょ》処分になるところだったのだが、自分からついて行くと言ったらしい。

私が育てた子を、これ以上一人ぼっちにしたくはないからと。

ミルドナーク夫人のことはたくさん意地悪されたのでやっぱり嫌いだが、アネスティリアはその点だけは見直した。

どこかで二人、本当の親子のように支え合って、孤独でなければいいと思う。

祭壇の前で先に待っているラザフォードの元へ、祖父とゆっくり歩いて行く。

ラザフォードに招待されたどこかの貴族が驚いた様子で目を見開いているのでチラリと横をみると、祖父は結局、泣いていた。ぼたぼたと大粒の涙を流し号泣だ。

祖父はアネスティリアに驚くほど高額の持参金を持たせてくれた。

最初は遠慮したが、本来ならばティアリアが受け継ぐはずの財産だったのだと言われ、ありがたく頂戴したのだ。

「別に泣かなくても、いつでも帰ってくるって」

母と違って、二度と堂々と会えないわけではないと小声で言うも、同じく小声で泣いていないと返事が返ってきただけだった。

どこまでも頑固である。

祭壇の近くの席にレオリードとラビィーネが座っていた。二人の婚約が公式に決定されたと連絡が来たのは事件後そんなに時間はかからなかった。

レオリードの横でラビィーネが小さく手を振ってくれているのでアネスティリアは会釈した。するとその隣に父が座っていることに気づいた。父は後ろに座っているバルバトスとロードとウルティオにがっちり肩を掴まれていて、若干居心地が悪そうだ。

父は平民だから目立つしアネスティリアが馬鹿にされるかもしれないと末席に座ると言って聞かなかったのだが、ラザフォードが三人に頼んでくれたのだろう。逃げられないようにされているのだ。

しかも近くにはエリザがラビィーネのお付きとして控えていて、更に嬉しくなる。

ラビィーネとはすっかり仲良くなっていた。義父母とも。釣り合わない結婚だが、嫌がられることはなく、アネスティリアはとてもよくしてもらっていた。

しかし、肝心のラザフォードはここ最近まで大変な激務だった。

皇太子の結婚はしきたりもあり時間がかかるそうだが、なにがなんでも短縮してやるとレオリードが宣言したそうで、皇太子妃の生家になる予定のイライアス公爵家も付き合わされてかなり忙しそうだ。

家から皇太子妃を出すということで、根回しやら、調整やら、手続きやらだけでなく、更に己が先に結婚しようというのだ。

アネスティリアは私たちの結婚は皇太子夫妻の後にしないかとラザフォードの健康を心配して提案したほどだったが、たやすく却下され、『迅速に』当主まで結婚することをゆずらなかったのだから、ラザフォードは寝る間もなさそうなほどめまぐるしかった。

そういうわけで、ラザフォードとはなかなか会えない日々が続き、引きこもりがちだったアネスティリアを連れ回したのはラビィーネだ。

ラビィーネ自身、社交は久しぶりのはずだが、よどみなく堂に入っており学ぶことが多い。

私たちは親友ということになっているようだからと、自身も皇太子の婚約者として忙しい中、孤立しがちなアネスティリアを女性貴族の輪に入れるため色々と誘ってくれたのだ。

この前まで聞こえるように陰口を言っていた令嬢もその中にいたが、イライアス公爵の婚約者となったアネスティリアには、とても親しげに接してこられ、ちょっとイラッとした。

ラビィーネはラビィーネで皇太子の婚約者となったことで、やっかまれて苛立つこともあるらしい。

そういうときは決まってラビィーネとアネスティリアは、帰りの馬車の中で愚痴をたくさん言い合う。

でも、いつの間にか互いの相手への惚気《のろけ》になることが多かった。

ラビィーネは自分の兄の惚気を聞くのは嫌みたいだが、手は緩めなかった。やっぱり好きな人の話は友達に聞いて欲しいから。

この前なんか互いに話し足りず、お茶会帰りに送ってもらったハッシュフォード伯爵家の談話室でずっと話し続け、あまりにも遅くなったものだから、父が夕飯を出したくらいだ。

いくら人気店だったとはいえ、公爵令嬢で皇太子の婚約者に父の創作料理、とくに茶色いスープは大丈夫なのかと心配になったのは一瞬で、ラビィーネは目を輝かせた。

ラビィーネはこれこれ、これが食べたかったの！　と、どこかで評判を聞いていたのか、父の茶色いスープを一気に飲み干し大絶賛していた。さらには、お代わりもした。

これだけはと港町からもってきた調味料である、『みそ』という名の父の手作りの豆が発酵して粘土のようになった茶色いものをほくほくとした顔で分けてもらっていたくらいには気に入ったようだ。

父の料理は美味しいからさもありなんだ。母も、父が作る料理が大好きだった。

母は昔はかなりの偏食だったらしいが、父の作る美味しい料理で好き嫌いを克服でき、毎日沢山食べるようになったらしい。とくに揚げ物が好きだった。

健康のためにちょっとは痩せたらと呆れる娘に、母はお腹を叩いて、太ったのは幸せの証しだと笑っていた。

母の幸せは、祖父の助けがなければなしえなかった。そして今日のこのアネスティリアの幸せも。

「お祖父様、ありがとう」

「っ！　ああ」

ボロ泣きの祖父は結局、婿取りではないこの結婚を反対しなかった。

それどころかラザフォードのことをかなり気に入っているようだ。

公爵という地位にありながらアネスティリアを助けるために女装までするだなんてその心意気やよし！　というやつらしい。

そのうえ、ラザフォードが例の商人の悪事を、手を回して表沙汰にしたこともよかったようだ。

気持ち悪い男だと思っていたが、恐喝に詐欺、脱税までしていたというのだからどうしようもない人で実に簡単だったそうだ。

そういうわけで、祖父は額の怪我を盾に、自分の死後は領地をラザフォードに任せ、爵位はアネスティリアの産んだ公爵家の跡を継げない予定の子に任せることにするから、跡取りなしで接収しないよう後日王家を代表して見舞いに来たレオリードに確約させた。

縁起でもない、長生きしてよと顔をしかめたアネスティリアに勿論、曾孫《ひまご》の顔を見るに決まっているだろうと豪語していた。

ジュゼットに殴られ流血したため心配だったが、矍鑠《かくしゃく》としているので、まだまだ喧嘩できそうだ。

そうしてついにアネスティリアは祖父から手を離した。そして、祭壇の前でラザフォードの手を取る。

（やっぱりこの世で一番格好いい）

真っ白な衣装を着たラザフォードはステンドグラスの光に照らされて輝いていて、アネスティリアはドキドキした。

わかりきっているとはいえ、釣り合わない結婚だ。きっと苦労することも沢山あるだろう。

だけどそう、愛は貫かなきゃ、愛じゃない。

母は愛のために貴族から平民になった。アネスティリアはその逆を行く。

でもすることは同じ。

これからも、アネスティリアはアネスティリアの愛を貫く、それだけだ。

番外編

ハッピーエンドのその先で

「あら？」

アネスティリアが朝起きると隣で寝ていたはずの子供たちがおらず、ラザフォードの秀麗な横顔だけがあった。

おかしい。

昨夜、子供たちが絵本を読んでと夫婦の寝室に入り込んできて、家族四人で一緒に寝たはずである。

アネスティリアは結婚後二児の母となった。

男の子と女の子を一人ずつ産み、イライアス公爵夫人として社交と家政の切り盛りに勤《いそ》しんでいる。

その上、分不相応な社交界きっての洒落者扱いをされていて、アネスティリアは流行の最先端をいっており、何なら生み出す側になっていた。

実はアネスティリア自身はラザフォードに初めて出会ったときのまま、自分に何が似合うのか未だによくわかっていない。

だからアネスティリアの身につける物はすべてラザフォードが選んだ物だ。

つまり、流行を生み出しているのはラザフォードなのだが、喧伝することでもないのでアネスティリアは身に余る洒落者扱いを甘んじて受け入れていた。

結局のところ、アネスティリアを着飾らせるのはラザフォードの趣味なのだ。

侍女がいるというのに未だにアネスティリアに化粧を施すのはラザフォードであるし、その日身につけるドレスもアクセサリーもすべてラザフォードが選んでいる。

出会ったころラザフォードは女装は不本意だと言っていたが、アネスティリアはその点に若干の疑いを抱いていた。

お洒落が好きだよね？　と。

とはいえ、今となってはラザフォード自身はあまり着飾らない。だが、そもそもが派手な容姿をしていて、盛るよりも引く方が似合っているからであるような気がする。

その反動なのかラザフォードはアネスティリアをこれでもかと着飾らせる。頭からつま先までラザフォードが決めるのだ。

前に、ラビィーネに鬱陶しくないの？　たまには自分で選びたくならない？　と、聞かれたが、全くそんなことはない。

ラザフォードが楽しいのならアネスティリアは嬉しいし、自分のためを思って全身を整えてもらうのは気分がいいし、本音を言うと、自分で考えるのは面倒なのだ。

アネスティリアはお洒落をさせてもらうことは好きだが、お洒落を考えるのは好きではなく、お洒落をさせたいラザフォードの欲とぴったり合致している。

そういうわけでアネスティリアはそのままでいいのだが、近頃、アネスティリアと同じくラザフォードに選ばせている子供たちのうち娘は自分で服や髪型を選びたがるようになり始めた。

ラザフォードとしては口を出したくて仕方がないが、ぐっと我慢しているようだ。

ラザフォードは子煩悩だ。

忙しい中、子供たちの相手をし、教育も教師任せにしない。

昨夜もベッドに入り込んできた子供たちに絵本を読んであげ、何ならアネスティリアが先に寝た。

「おはよう、アーネ」

澄んだ湖のような瞳がゆっくりと現れ、アネスティリアをとらえた。

ふわりと微笑みかけられると、結婚してもう数年たつのにアネスティリアの胸は高鳴る。

「おはようございます、子供たちは？」

「早起きして庭で侍女と遊んでいるから、俺はアネスティリアの横で二度寝」

「すみません」

どうやら寝過ごしてしまったらしい。

子供たちがはしゃぐ声が窓から漏れてきた。朝から元気である。起きたことを告げようとアネスティリアは窓に近づいた。

しかし、ちょうど走って迷路に行く娘の背中が見えた。

今日は髪の毛を二つにくくってもらう気分だったようで、母のワンピースの端材でアネスティリアがちまちま作ったリボンをそれぞれにつけ、ラビィーネおばちゃまの真似《まね》だと言って最近よくエリザにしてもらっている巻き髪を走って大きく揺らしている。

娘はラザフォードに似ているが、髪だけはアネスティリアの母親に似たのだろう、艶やかな黒髪で、子供達に大じいさまと呼ばれ、好々爺《こうこうや》と化している祖父に見たことがないほど脂下《やにさ》がった顔をさせている。

祖父はしょっちゅうあれを買ってやろう、これを買ってやろうと、娘のわがままを容認どころか、増長させようとする。

また、息子は息子で母にアネスティリアと女が二代続いた祖父にとって相当可愛いようで、この前も友達の犬を羨ましがった息子に強請《ねだ》られるがまま、確実に大きくなる犬種の子犬を誕生日に買ってやると勝手に約束しており、父に懇々と説教されていた。

あれで理解してくれると良いのだが。

ラザフォードはまあいいじゃないか、我が家には使用人も多いし、犬が一匹増えたところでと笑っていたが、そういうわけにはいかない。

どんなわがままも願えば叶うと勘違いする子に育ったらどうする気だ。

そうは思う、思うのだが、息子はちゃんと自分でお世話や躾《しつけ》もすると連日連夜一方的に約束してくるし、最近、架空の犬相手におすわり、お手！　とごっこ遊びもしており、アネスティリアは正直根負けしそうだった。

まあ、レオリードとラビィーネの子のところに犬が来たときから、息子がほしがることはある程度は覚悟していたので、何か条件を付けて飼わせてやるのが落としどころだろう。

アネスティリアが一人納得していると、ラザフォードが後ろから抱きついてきた。不埒《ふらち》な手の動きとともに。

「もう！　朝からだめです。それに、今日は皆さんいらっしゃる日で忙しいですし」

「ちょっとくらいいいだろう？」

そう言って寝間着を脱がそうとしてくるラザフォードを止めようと重ねた手を、甘くかまれた。

ラザフォードに濡れた瞳でのぞき込まれ、アネスティリアは簡単に流されそうになり、ふいとそっぽを向いた。

「駄目です」

今日は皇太子夫妻とその子供、そして、ウルティオとロードとバルバトスが遊びに来る予定だった。

ウルティオとロードとバルバトスの三人は子供たちから人気で、疲れた、勘弁してください、許してくれーと、情けない声を出しているのに、子供達は容赦なく、背に乗り、抱っこをせがみ、足に纏わり付くので、自分たちも子供達と遊びたいのに、かまってもらえないラザフォードとレオリードが横でふてくされる。

そして、アネスティリアとラビィーネはその様子を見ながら、クスクスと笑い合うのが常だった。

ラビィーネは男の子を産み、今第二子を妊娠中である。

義理の姉妹という立場もあり、ラビィーネとはしょっちゅう会っている。

とはいえ、皇太子妃の取り巻きの一人としてなので、互いにゆったりとできるのは久しぶりで楽しみにしているのだ。

その上、今日は父が腕を振るいに来てくれる予定だ。

父の料理はすっかりラビィーネだけでなく、みんなの大好物になっていて、こうして今日のように集まることがあると作ってもらう。

最近、祖父まで料理を始めたらしく、なんだかんだ祖父と父は今も二人で仲良く暮らしている。

結婚当初は釣り合わないこともあり、アネスティリアが苦労することもラザフォードに苦労させることも多々あった。

だが、その間もずっと幸せでいられたのは、ラザフォードがアネスティリアを護ってくれただけでなく、みんながアネスティリアを支えてくれたからだ。

「そこをなんとか。な？」

「駄目です。本当に時間が……」

「アネスティリア、アーネ、俺は昨夜、時間をかけてアネスティリアをたっぷり喘がせて、じっくり抱きたかったのを我慢したんだ。ちょっとくらい良いだろう？」

アネスティリアをベッドに連れ戻し、覆い被さってきたラザフォードに寝間着ごと胸の突起を弄られながら耳を舐められると、アネスティリアは簡単に腰が砕けた。尻に、ラザフォードの欲望が当たった。

「あっ、朝から、もう！」

夜にするはずの秘め事だというのに、朝日に照らされながらするのは別にこれが初めてというわけではないが、明るい中ですべてをラザフォードの眼前にさらすのは未だに抵抗があった。

「恥ずかしい？」

ラザフォードの手が顎にかかり、振り向かされ、アネスティリアはこくりと頷いた。

ごくりと、ラザフォードがつばを飲み込む音がした。

本人は気づいていなかったが、アネスティリアの頬は染まり、半開きの口からは甘い吐息を漏らし、瞳はとろりと揺れラザフォードを誘っているのだ。

「愛してるよ、アネスティリア」

「ん、ひやっ、だめ」

耳に口を当てて直接言葉を流し込まれると、アネスティリアにはもう喘ぐしかできない。

「あ、あっあ」

胸を弄る手が下がっていき、ゆっくりとアネスティリアの濡れた場所に指を差し込まれた。

「駄目なの？　本当に？」

ちゃぷと、水の音がして、ラザフォードは興奮で熱くなった息をアネスティリアのうなじに当てた。

「あっ、ぐりぐり、しないで」

ラザフォードはアネスティリアの弱いところを知り尽くしているのだ。

その気にさせるためだろう、ラザフォードの指はアネスティリアを苛《さいな》み、喘がせる。

「あんっ」

「アーネ、駄目？」

ささやかれるとラザフォードに快楽を教え込まれた体があっさりと陥落する。

「いい、ですからっ、ん、迅速にお願いします」

今日は本当に時間がないのだ。

皇太子妃にとっては実家の上、来るのは全員気心の知れた仲とはいえ行為に疲れた体で対応はできない。

「迅速に？　そう言われると、時間をかけたくなるところだな」

「あっ、あんっ、あ、だめ、ひゃっ」

ぐりぐりと弄られ、指が増やされて、水音も部屋に響き出す。

「だめ、ん、だめですっ、速くして！」

ラザフォードが忍び笑いを漏らした。

「仕方ないな。アネスティリア、腰を持ち上げて」

言われるがままアネスティリアはラザフォードに向けてお尻を突き出した。

ラザフォードに言ったことはないが、アネスティリアはこの体位も好きだった。

ラザフォードと向き合って何度も口づけられて愛されていることを実感しながら抱き合うのも好きなのだが、後ろからされるとラザフォードに支配されている気分になる。

アネスティリアの全てがラザフォードのものなのだと感じるのだ。

「アーネ」

耳元で囁かれて感じる熱くなった、ラザフォードの吐息。

「ああっ！」

締め付けるとラザフォードの指をまざまざと感じた。軽く頂点を極めたのだ。

ラザフォードの指が抜かれ、代わりに腰を掴まれる。

「あっ！」

入ってくる感覚にアネスティリアはきゅうっと引き絞った。

一生懸命シーツを掴んで、奥へ来てと腰を揺する。

「嫌がっていたわりに積極的じゃないか」

「だって……」

愛するラザフォードに求められるとやっぱり嬉しいのだ。

それに、ラザフォードとて、駄目だと言われると逆に燃えているではないか。

その証拠にアネスティリアの返事を待つことなくラザフォードは動き出した。

「きゃうう！　っあんん！　ラザ……、あ」

アネスティリアの胸がラザフォードの腰の動きに翻弄され揺れると後ろから伸びてきた手に掴まれた。

「ああっ！」

胸をいじられながら腰を打ち付けられ、アネスティリアは声を上げた。

子供を二人産んでアネスティリアの体つきは変わった。丸みを帯びていて、どう頑張っても痩せなくなったのだ。

そのうち亡き母と同じ体格になるかもしれないと思うと節制しなければと自分に誓いつつ、痩せなよと母にしつこく言っていたことを反省した。

それに、いつまで経っても出会ったころと変わらない均整のとれた体をしているラザフォードの前ではやはり恥ずかしく、隠そうとした時期もあった。

しかし、そんなことが許されるはずもなく。

ラザフォードの愛は変わらないどころか年々、増しているのだと思い知らされる。

アネスティリアの体の弱いところを知り尽くしたラザフォードの動きに感じ、下肢に力を入れて、ぎゅうぎゅうと締め付けると、ラザフォードが息を詰めた。

「っアーネ！」

どくりとラザフォードが奥で出している感覚がする。もう一人子供がほしいと言い合っていたので異論があるわけではないのだが……。

「えっ、もう？」

思わず出た本音にラザフォードが目をすがめた。

「…………アーネ、君が迅速にと言ったんだろう」

「あ！」

不機嫌そうに低い声を出すラザフォードに振り向いたアネスティリアが己のやらかしに気づき、えへっと愛想笑いをしたが勿論もう遅かった。

「ごめんなさぁあああいっ！」

後ろから激しく突きながら、不埒な手はアネスティリアの胸をぐりぐりと強く弄ってきた。

「あんっ、ごめんなさ、ん、待ってくださ……」

「待たない。人を揶揄えるくらいだから余裕だろ?」

寝起きだというのに、容赦なく打ち付けられ、アネスティリアはもう声を上げるしかできない。

「あん、ああ、っ！」

何度も何度も小さな快楽の波がはじけ、もう許してとアネスティリアは甘く声を上げた。

「ラザフォード、さまぁ、愛してるから、許して！」

愛していると甘えるといつものラザフォードならば、相貌を崩し、アネスティリアに口づけてくれるはずだった。

「かわいいが、駄目だ、今日は許さない」

それなのに繋がった場所の上まで弄られ初め、アネスティリアは狂乱した。

「ああっ！　もう、許して！」

「駄目だ。ぎりぎりまで付き合え」

「そんなぁっ！」

結局、アネスティリアにはラビィーネの予言のことはよくわからないままだ。

アネスティリアがこの世界の主役で、たくさんの男たちを恋に落とし、皇太子レオリードの妻になるというそれ。

でも、これだけは言える。ラビィーネの最愛の人がレオリードであったように、アネスティリアの最愛の人は、ラザフォードなのだと。

子供達はどんな恋をするのだろうか。

いずれ恋に落ちたときに、それぞれの愛を貫けるような大人になってほしいなと思う。

「アーネ、愛してるよ！」

「あっ、私も、愛してます！」

そうして、ここからが本気だとばかりにラザフォードの動きは更に苛烈になり、最近とくに体力が落ちている自覚のあるアネスティリアは続けざまに何度もできる様子のラザフォードに散々に鳴かされてしまったのだった。

あとがき

お買い上げありがとうございます、朱里雀です。

デビューしたときは、これが最初で最後と思っておりましたが、はやいもので、もう二年目です。これまで出させていただいたものを見直してみたのですが、あとがきやコメントで楽して痩せたいということしか書いてこなかった自分がいました。ここだけの話、アーネの母親は体型のみ自分がモデルです。脂肪が「俺はお前から絶対離れない！」と宣言しているので仕方がないですね。

さて、担当編集のY様、大変お世話になりました。これ面白い？と、なっている私を励まし、常にめっちゃ褒めてくだりました。この年になるとなかなか褒められる機会がないので嬉しかったです。また、ことね壱花先生、ずっと見ていられるほど美しく、細部まで丁寧に作り込まれた二人の表紙を描いてくださりありがとうございました。ラザフォードをここまで美しく、アーネをいきいきと描いてくださり本当に光栄でした。一刻も早いご快癒をお祈り申し上げます。最後になりましたが、編集部から特別にページを分けていただけましたので、巻末にもう一本ショートショートを書かせていただきました。お楽しみいただけると幸いです。

朱里雀

特別SS『女装悪役令嬢誕生秘話』

ラビィーネ・イライアス公爵令嬢はベッドにうつ伏せになり、泣きじゃくっていた。

彼女らの乳母が今日は休みで良かった。こんな姿を見たら心を痛めていただろう。

一人、部屋の端でその姿を見守っているミラはラビィーネ付きの侍女で、皇太子の間諜だ。とはいえ元々暗殺を得意とするような皇太子直属の秘密組織に所属する間諜《かんちょう》だったりするわけでは勿論ない。

ただ、公爵家に侍女として短期採用されたときに、秘密裏に自ら足を運んできた皇太子に直接雇われただけである。

それで、ラビィーネの情報を流してくれたらお金を沢山あげる、と言われ一も二もなくぶんぶんと頷いた。

とはいえ短期採用の侍女だ。初めは当然、雇い主の家族近くでは働けず、掃除や洗濯の手伝いなどの細々なことをしていた。そして遠目に見かけたラビィーネについての情報を一日一度、伝書鳩《でんしょばと》にくくりつけて飛ばすだけだった。

内容は、今日のラビィーネ様のお召し物は赤のドレスでしたとか、乗馬されていました、というそれを知ってどうするというもの程度。

こちらとしては相手を貶めるような秘密を探れと言われていない分、罪悪感を持たずにすむ点はありがたい、ありがたいのだが……、やはり要求は当然上がっていくわけで……。

ある日、伝書鳩が運んできた皇太子からの手紙には、ラビィーネに気に入られる方法が事細かに書かれており、実際その通りに動くと気づけばお付きの侍女にまで成り上がれていた。

給金が上がった上に、長期採用になり、皇太子から受け取れる額もまた格段に良くなったが、求められる仕事の質も、間諜の内容の質も当然上がった。

今日は白の下着でした、と伝えるだけならまだましだ。

気づかれないよう、皇太子が用意した下着とラビィーネが普段使っている下着を交換させられたこともある。どうやったのか全く同じ物だった。

とんだ変態である。これを将来の王として仰ぐのか。

本当は洗濯せずに送れとの要求だったが、最後の良心で、洗濯済みの物を送った。

取りにやってきた皇太子付きの騎士は、何を運ばされるか聞いていなかったのだろう。

何らかの重要機密だと考えたようで、受け渡しに使った高級な宿屋で、大事そうに下着が入った包みを受け取った。

そして、至って真剣な表情で、ミラに対し、あなたが手に入れたこれを必ず殿下の元まで命をかけてでも運ぶと誓いますと、宣言してしまった。

本当のことを言うこともできず、俯くミラに騎士は微笑んで言った。

大丈夫、俺は皇太子付きの騎士で、しかもこのような重要な任務を殿下から直々に命じられるほどには強いので、どんな敵が現れても、必ず倒してみせますから安心してください、と。

ある意味、重要機密ではあるが、一体、この下着を巡って、どんな敵が現れるというのだ。

あの真面目な騎士が、途中で好奇心に負けて中身を見ないことを切に願うことしかできなかった。

思い出してげんなりしていると、コンコンと、いかにも気遣っている様子の優しい音で扉が叩かれ、部屋にラビィーネの双子の兄であるラザフォードが入ってきた。

部屋の端にミラが控えているのに気づいたようで軽く睨まれる。

そう、ミラの間諜行為はラザフォードに気づかれていた。

どうやら、泳がされていたようで、ミラが飛ばした鳩を捕らえ、内容を確認後、また逃がして相手を特定したらしい。

それで、相手が恋煩いが過ぎている皇太子だと気づき、悪意はないと判断したのか、彼はミラに知っているからな。と、一度釘を刺すだけで済ませたのだ。

そう、彼は優秀すぎて、まだ要求が今日の服の色と行動のみの段階で気づいてしまった。

だから今下着を巡って皇太子の騎士が冒険活劇を繰り広げるほどになってしまっていることを知らないのだ。

ベッド脇に座り、双子の妹を心配そうに眉を寄せて見ているラザフォードはどこまでも美しい。

ミラとしては美しすぎて逆に隣になど絶対に立ちたくないのだが、公爵家の採用試験の最終選考では、自ら面接を担当していたラザフォードに熱を上げないかを端で執事長が審査していたほどだ。

「ラザ、私、婚約者選定の儀には行けない。もう無理よ、運命は変えられなかった」

以前、ミラは未来がわかると主張するラビィーネに付き合わされ、他領の橋を通行止めにした。それによりラビィーネの両親の運命は変わったようだが、今回は失敗に終わったらしい。

どこかの貴族が孫を養子にとったことを知り、それからずっと泣いていたのだ。

「婚約者選定の儀は貴族令嬢の義務だ。行くだけ行って部屋から出なくてもいい。な？　不安なら俺も城に日参してお前がどこかの令嬢を虐めないかちゃんと見張ると約束するから」

この兄は妹に相当甘い。嫌がっていようが簀巻《すま》きにして無理矢理にでも送り込めばいいのにそれができないのだ。

「男子禁制の場所もあるし、四六時中そばにいてくれるわけではないでしょうっ！　私はラザの目をかいくぐってヒロインを殺そうとするに決まっているわ！」

「そんなことができるわけない。ラビィ、お前は自分が思っているよりずっと良い人間だ」

そう、高飛車な人ではあるが、思いやりはあるし、意外と優しく、彼女に人が殺せるとは思えない。

「公爵閣下に女装して代わりに行っていただくというのはどうでしょう？」

ミラは声に温度が乗らないよう気をつけつつ口を開いた。ずっと温めていた提案をするために。

は？　と、ラザフォードが目を見開いている。

「それ、すごく良い考えだわ！　私たち顔だけなら大人になった今でもよく似ているもの！」

ラビィーネが目を輝かせた。これがミラがラビィーネに気に入られた理由だ。彼女は突飛な意見が好きだ。あとは一歩引いた冷めた態度。それこそが皇太子に教わった気に入られる方法だった。

「いや、いきなり何を……無理だ、できるわけがないだろう！」

「閣下がラビィーネ様をご心配されるお気持ちはその程度と言うわけですね」

「いや、そういうわけでは……、だが、その、いや、それは……」

ラビィーネがベッドから降り、珍しくしどろもどろになっているラザフォードに頭を下げた。

「ラザ、どうしても婚約者選定の儀に行きたくないの。どうか、お願いします」

ラザフォードが呻いた。そして天を仰ぐ。ものすごく葛藤しているようだ。

「…………………わかった」

（やった、やったわ！）

ミラが喜んだのはラビィーネがこの家に居れば間諜の仕事を続けられるので、まだまだあの変態からお金を引っ張れるから、だけではない。

この女主人のことがすっかり好きになっており、変態の妻にするには惜しい。

それになにより、美男子には興味はいが、嫌がる美男子の女装はミラの最高に興奮する性癖だからであった。

ミラは無表情のまま心の中で天高く拳を突き上げた。

キャラクター・デザイン・ラフ

ガブリエラブックス好評発売中

gabriella books

幼妻は２度花嫁になる

再婚厳禁なのにイケメン腹黒王太子が熱烈求愛してきます！

すずね凜　**イラスト：Fay**／ 四六判

ISBN:978-4-8155-4326-6

「あなたを手に入れるためなら、多少悪どいこともするさ」

神の子として神官との結婚が義務づけられていたリリアだが、高齢の結婚相手が病没すると、不吉とされ神殿の奥で生涯過ごす事を強いられていた。そんなリリアを初対面のはずの美麗な王子クリスティアンが、法を変えてまで神殿から連れ出し求婚をしてくる。「あなたを手に入れるためなら、多少悪どいこともするさ」急な婚姻から初夜を迎え戸惑うリリアの身体を、彼は優しく蕩けるように翻弄し!?

ガブリエラブックス好評発売中

gabriella books

溺愛はご辞退申し上げます!

初恋の御曹司からのイジワルな誘惑に乱されて

春野リラ イラスト：天路ゆうつづ／ 四六判

ISBN:978-4-8155-4327-3

「これから先もずっと、俺と一緒にいてくれ」

会社の施設に視察に来た次期CEO、有馬の世話係に抜擢された紬には、高校生の時に学校一のモテ男で初恋相手の有馬に告白し、思い出に期間限定で付き合ってもらった過去があった。このままカノジョになるか？　という当時の彼の誘いを、誤解もあり断った紬。彼は過去を持ち出し彼女を翻弄してくる。「今の紬は服を着ていても色っぽくてぞくぞくする」切なげに彼女を求めてくる手に心が揺れ—!?

ガブリエラブックスをお買い上げいただきありがとうございます。
朱里 雀先生・ことね壱花先生へのファンレターはこちらへお送りください。

〒110-0016 東京都台東区台東4-27-5 (株)メディアソフト
ガブリエラブックス編集部気付 朱里 雀先生/ことね壱花先生 宛

gabriella books

MGB-101

転生悪役令嬢の正体はワケあり公爵様!?
成り上がり伯爵令嬢の私がナゼか溺愛されています!

2023年12月15日 第1刷発行

著 者 朱里《あかり》 雀《すずめ》

装 画 ことね壱花《いっか》

発行人 日向晶

発 行 株式会社メディアソフト
〒110-0016
東京都台東区台東4-27-5
TEL:03-5688-7559 FAX:03-5688-3512
https://www.media-soft.biz/

発 売 株式会社三交社
〒110-0015
東京都台東区東上野1-7-15
ヒューリック東上野一丁目ビル3階
TEL:03-5826-4424 FAX:03-5826-4425
https://www.sanko-sha.com/

印 刷 中央精版印刷株式会社

フォーマットデザイン 小石川ふに(deconeco)

装 丁 吉野知栄(CoCo.Design)

ISBN 978-4-8155-4324-2